# Tod im Salzkammergut

Edwin Haberfellner wurde 1957 im oberösterreichischen Steyr geboren. Nach langjähriger Tätigkeit im Krankenhaus und einem Jura- und Datentechnikstudium ist er heute Beamter und Autor.

Dieses Buch ist ein Roman. Handlungen und Personen sind frei erfunden. Ähnlichkeiten mit lebenden oder toten Personen sind nicht gewollt und rein zufällig.

EDWIN HABERFELLNER

# Tod im Salzkammergut

KRIMINALROMAN

emons:

**Bibliografische Information der Deutschen Nationalbibliothek**
Die Deutsche Nationalbibliothek verzeichnet diese Publikation in der Deutschen Nationalbibliografie; detaillierte bibliografische Daten sind im Internet über http://dnb.d-nb.de abrufbar.




Umschlagmotiv: tepic/Depositphotos.com
Umschlaggestaltung: Tobias Doetsch
Gestaltung Innenteil: César Satz & Grafik GmbH, Köln
Lektorat: Susanne Bartel
Druck und Bindung: CPI – Clausen & Bosse, Leck
Printed in Germany 2016
ISBN 978-3-95451-818-0
Originalausgabe

# Prolog

Eigentlich hätte man etwas spüren müssen, wenn man sich mit den Händen abzustützen versuchte, sie aber dann einknickten und erst das Kinn und dann Stirn und Nase auf dem Schotterweg aufschlugen und sich dabei besonders vorwitzige Steinchen in die weiche Haut bohrten. Diese glänzenden Kiesel, die Kinder gerne mit zwei Fingern gegen die Sonne halten, um Einschlüsse und Äderchen besser erkennen zu können. Es war Splitt aus Feldspat, den man auf dem schmalen Friedhofsweg ausgebracht hatte und der sich jetzt tiefer und tiefer in sein Gesicht grub. Silikate, vornehm glänzend, passend zu dem heiligen Ort, an dem er sich befand. Man hatte die weißen Steinchen gestreut, um dem Platz ein wenig von der Würde zurückzugeben, die ihm schon längst abhandengekommen war.

Viele suchten ihn nicht wegen des Gedenkens an ihre Toten auf, sondern weil er zu einer Attraktion mutiert war, gruselig schön, da hier eine seltsam anmutende Nähe zum Tod greifbar zu sein schien. Der Gottesacker, eine Sehenswürdigkeit, die in jedem Reiseführer der Region stand. Nur wenige Besucher waren sich bewusst, dass der kleine Platz vor der Kirche ein Friedhof war. Aber auch die wenigen anderen, die mit stiller Ehrfurcht ihre Umgebung wahrnahmen und sich Gedanken darüber machten, dass sie gleich Gebeine von ehemals lebenden Menschen besichtigen würden, ließen sich von der Aufgeregtheit der anderen Touristen mitreißen und vergaßen alsbald genauso wie sie, dass sie auf den sterblichen Überresten von Menschen herumtrampelten. Ihre anfängliche Unsicherheit wich bald schon einer institutionalisierten Sensationslust. Sie bezahlten die paar Cent an dem Verschlag vor dem Eingang, betraten die Höhle der bleichen Gebeine, erblickten die bemalten Schädel und fotografierten, während ihnen schaurige Kälte über den Rücken kroch.

Bechstein sollte das Innere des Beinhauses zu Hallstatt nie

zu Gesicht bekommen. Als er plötzlich von einem Schwächeanfall übermannt zu Boden stürzte, durchdrangen die feinen Kiesel jäh seine Epidermis, jene Grenze zur Umwelt, die Schutz gegen die Sonne und das Austrocknen bieten sollte. Die kleinen Steinchen, nach der Mohsschen Härteskala nur noch mit einer Stahlfeile ritzbar und sogar dafür geeignet, in Glas tiefe Kratzer zu hinterlassen, rissen seine Haut auf, drangen tief in sein Fleisch und färbten seine Wangen rot. Sie stachen durch die Lederhaut, ließen Gefäße explodieren und machten auch vor seinem Unterhautfettgewebe nicht halt. Bechstein erwartete den Schmerz, wollte je nach dessen Stärke den Mund öffnen, um einen Fluch oder den passenden Klagelaut auszustoßen. Aber der Schmerz kam nicht. Sogar die Übelkeit war verflogen, die ihn das erste Mal am vorangegangenen Abend überkommen hatte. Gestern, als er im Hotel, nachdem sie an der Bar noch einen Cocktail getrunken hatten, schon gespürt hatte, dass etwas mit ihm nicht in Ordnung war. Alina hatte geglaubt, er wolle mit dem Vorschlag, nach dem Abendessen noch an die Bar zu gehen, einen romantischen Abend einleiten. Aber Bechstein stand der Sinn nicht nach Romantik, ihm war nur kotzübel. Er gab dem einheimischen Fisch, den sie angeblich aus dem See vor dem Hotel gezogen hatten, die Schuld und kippte in kürzester Zeit drei klare Schnäpse hinunter, während ihm seine Freundin auffordernde Blicke zuwarf. Danach gingen sie aufs Zimmer. Bechstein wusste, was die mehr als zehn Jahre jüngere Frau von ihm erwartete. Nachdem er mit Alina geschlafen hatte, war ihm noch viel übler als zuvor, und er fiel in eine tiefe, traumlose Bewusstlosigkeit.

Alina hatte ihn am nächsten Morgen geweckt. Normalerweise war immer er es, der als Erster wach wurde, während sie noch mit der Decke bis zum Kinn tief und fest schlief. Diesmal jedoch bekam sie ihn kaum wach, und als er schließlich die Augen öffnete und sie nach der Uhrzeit fragte, war es schon halb acht. Bechstein schleppte sich unter die Dusche. Während er sich das heiße Wasser auf Kopf und Nacken spritzen ließ, musste er sich an der Wand abstützen, um nicht das Gleichgewicht zu verlieren.

Nach der ersten Tasse Kaffee wurde es ein wenig besser, und Bechstein hatte sogar Appetit auf das pochierte Ei, das ihm eine Kellnerin in Leinentracht servierte. Doch als er einen Löffel davon aß, fühlte es sich so an, als würde das Stückchen Ei in seinem Mund zu wachsen beginnen und so groß werden, dass er es nicht mehr hinunterschlucken konnte. Alles schmeckte nach Erde.

Der Bodyguard, den seine Sekretärin auf sein Geheiß engagiert hatte, wartete derweil schon mit einem einheimischen Führer hinter der Glastür des Frühstücksraums. Ein ungleiches Gespann, der junge Mann mit seinem kahl rasierten Kopf im schwarzen Anzug und neben ihm der Einheimische in kurzen Lederhosen, mit spitzen, knochigen Knien, die beide nach außen zeigten. Der Fremdenführer sollte sie zu den Sehenswürdigkeiten der Marktgemeinde begleiten.

Als sie schließlich das Hotel verließen und sich in den Strom der vorwiegend asiatischen Touristen einreihten, redete der Mann in einer Mischung aus Hochdeutsch und Dialekt auf Bechstein und Alina ein, als gelte es, in fünf Minuten zu erklären, was in mehr als über viertausend Jahren an diesem besonderen Ort entstanden war. Die selbstzufriedene Art des Mannes war Bechstein zuwider, er hegte eine grundsätzliche Abneigung gegen Menschen, die sich mit etwas zufrieden zeigten. Für ihn musste es immer weitergehen. Herausforderungen waren zu bewältigen, Siege zu erringen. Erst bist du zufrieden, dann bist du tot: Das war die Philosophie, nach der Bechstein lebte. Sie sollte sich nicht bewahrheiten.

Ihr Führer zeigte den steilen Felsen hinauf. »Da oben ist die Kirche. Erst gehen wir zum katholischen Friedhof hinauf, und später werden wir zu den Salzwelten fahren«, sagte er und suchte in den Augen seiner Gäste nach Zustimmung.

Bechstein, dem der Schweiß auf der Stirn stand, obwohl es an diesem Frühsommertag angenehm warm war, nickte abwesend, der Bodyguard fühlte sich nicht angesprochen, stand stumm da und musterte die Leute, die an ihnen vorbeigingen, also musste Alina die Situation retten. Sie klatschte in die Hände wie ein kleines Mädchen und rief: »Wunderbar! Das wird phantastisch, so machen wir das. Nicht wahr, Goofy?«

Wenn sie unter sich waren, nannte sie Gottlieb Bechstein immer Goofy, aber auch in der Öffentlichkeit rutschte ihr der Kosename manchmal heraus. Er hatte es ihr schon tausendmal verboten, ihn vor anderen Leuten so zu nennen – vergeblich.

Sie schlugen den steilen Weg hinauf zur katholischen Pfarrkirche ein. Eine seltsam anmutende Prozession: Voran ging der Fremdenführer in kurzen Lederhosen, es folgten Bechstein im leichten Sommeranzug und seine Lebensgefährtin Alina im bunten Designerkleid, das Schlusslicht bildete der junge Bodyguard im schwarzen Anzug.

Sie hatten den Friedhof gerade durch einen Torbogen betreten, da stürzte Bechstein zu Boden. Der junge Mann im schwarzen Anzug lief zu ihm, fasste ihn unter dem Arm und wollte ihn auf die Füße ziehen, aber Bechstein entglitt ihm. Als der Bodyguard seinen Schutzbefohlenen umdrehte, starrte der ihn unverwandt aus weit geöffneten Augen an.

Wie aus der Ferne hörte Bechstein Alinas Schreie, sah ein Gesicht wie aus dem Nebel über sich auftauchen. Die schmalen Lippen bewegten sich, aber Bechstein konnte nicht verstehen, was sie sagten – es war ihm auch nicht wichtig. Plötzlich fühlte er sich schwerelos, auch das leichte Brennen, das er seit Tagen im Magen verspürt hatte, war endlich verschwunden.

Dann wurde es dunkel um ihn herum, so als setzte die Dämmerung ein. Er war erstaunt. War es nicht erst früher Vormittag? Doch selbst das nahm er mit stoischer Gelassenheit hin, mit einer Ruhe, die ihm, dem ständig planenden und taktierenden Bechstein, bislang in seinem Leben unbekannt gewesen war. Wären seine Gesichtsmuskeln nicht schon längst gelähmt gewesen, hätte in diesem Moment ein Lächeln seinen Mund umspielt. Kein herablassendes Grinsen, das man sonst von ihm kannte, sondern ein sanftes, weises Lächeln.

Und mit einem Mal waren sie alle da, sahen noch genauso aus wie früher. Langsam kamen sie näher, hockten sich zu ihm. Sie sprachen nicht, sie schauten ihn nur schweigend an. Der kleine Jobst streckte eines seiner Ärmchen aus, als versuchte er, nach ihm zu fassen. In diesem Moment wurde Bechstein bewusst, dass er gleich sterben würde. Oder war er vielleicht sogar schon tot? Jobst war lange schon kein kleiner Junge mehr, er war beinahe dreißig. Vor siebenundzwanzig Jahren hatte Bechstein sich für seine Karriere und gegen seine Familie entschieden. Seine frühere Frau, Elke, saß ebenfalls neben ihm. Vor zwei Jahren hatte ihr immer schon schwaches Herz aufgehört zu schlagen. Sie warf Bechstein einen vorwurfsvollen Blick zu, nahm dann seinen kleinen Sohn, der sich in ihren Armen wand, weil er immer noch zu seinem Vater wollte, auf den Arm und ging auf das Licht zu, das gleißende Licht, von dem Bechstein wusste, dass es auch ihn zu sich rief, dass er ihm folgen musste. Gleichsam ein finaler Termin, den er, der er doch immer nach Terminen gelebt hatte, nicht versäumen durfte. Er drehte sich um, um wieder auf die Beine zu kommen. Die Bewegung war seltsam mühelos, so als wöge er nur noch ein Drittel seines wahren Gewichts.

Es war sonderbar still, nur ein dumpfes Brummen, ähnlich dem von Stromaggregaten, war zu hören. Die Stimmen um ihn herum waren verstummt. Und als er sich von seinem irdischen Körper gelöst hatte, als er aufstand und sich auf das Licht zubewegte, sah er, dass es durch eine halb geöffnete glänzende Tür strahlte. Ein jähes Zischen erklang, und gleich darauf traf ihn ein Schlag, der ihn in die Knie zwang. Nur ein paar Meter noch, dann würde er an der Tür sein. Er stützte sich auf seine Hände, streckte seine Beine durch, rappelte sich hoch, doch als er endlich wieder auf seinen Füßen stand, fiel die Tür mit einem dunklen Knall zu. Und Bechstein umgab nur mehr Dunkelheit.

# 1

Um halb elf Uhr klingelte es an der Tür. Es war der Postbote. Schröck kritzelte mit einem Plastikstift, der Karikatur eines Kugelschreibers, seinen Namen auf das Display eines elektronischen Geräts, unleserlich und nicht nachvollziehbar, trotzdem war damit der Ordnung Genüge getan.

Er riss den Umschlag auf – Absender war das Bundesministerium des Innern – und überflog die Zeilen. Den Grund des Schreibens kannte er bereits. Der Brief war nur der finale bürokratische Akt. In ihm wurde ihm mitgeteilt, dass er mit sofortiger Wirkung aus dem Polizeidienst entlassen sei, sein beamteter Status jedoch aufrechterhalten bliebe, desgleichen auch sein Pensionsstichtag. Er sei nun in die Besoldungsgruppe A13, Stufe 8, übernommen worden und berechtigt, in Zukunft den Amtstitel Regierungsoberamtsrat zu führen. Mit seinem Ausscheiden aus dem Polizeidienst erlösche jedoch die Berechtigung, die Dienstbezeichnung Kriminalhauptkommissar zu führen. Die gemäß der Verordnung über die Laufbahn, Ausbildung und Prüfung für den gehobenen Dienst im Bundesnachrichtendienst vom 5. Dezember 2006 (BGBl. I S. 2767), zuletzt geändert durch Artikel 3 Absatz 15 der Verordnung vom 12. Februar 2009 (BGBl. I S. 320), abzulegende Prüfung werde ihm aufgrund seines Dienstalters erlassen. Und so weiter und so fort.

Schröck faltete das Papier wieder zusammen und legte es auf den Küchentisch.

Das war es also gewesen. Nach beinahe dreißig Jahren im Polizeidienst jetzt das Aus. Natürlich war es lächerlich, sich darüber Gedanken zu machen, er verblieb ja im Bundesdienst, und die offizielle Aufnahme in den Bundesnachrichtendienst besiegelte eigentlich nur, was er in den letzten Jahren ohnehin schon gemacht hatte. Allerdings nur inoffiziell, denn alle hatten gedacht, er leide an depressiven Erschöpfungszuständen, an Burn-out. Dennoch hatte dieser Abschied einen fahlen Beigeschmack.

Alles um ihn herum veränderte sich. Nach der Zeit bei der Polizei, die keinesfalls langweilig gewesen war, aber in der trotzdem eine gewisse Kontinuität vorgeherrscht hatte, waren die letzten Jahre dadurch bestimmt gewesen, dass er oftmals wochenlang unterwegs und so auch von Silvia getrennt gewesen war, die sich immer häufiger darüber beschwerte.

Bislang hatte sie sich stets geweigert, ihre Stadtwohnung in München aufzugeben und zu Schröck nach Schönbergmoos zu ziehen. Das war gewesen, lange bevor ihn sein alter Freund Klaus Heinrich, den er noch von der Polizeischule kannte, für den BND angeworben hatte. Damals hatte Silvia die meisten Wochenenden bei Schröck auf dem Land verbracht. Das Haus hatte seinen Großeltern gehört, nach deren Tod es seine Schwester Gisela geerbt und liebevoll renoviert hatte. Gisela war bei einem Verkehrsunfall ums Leben gekommen. Er war erst widerstrebend in den kleinen Ort vor den Toren Münchens gezogen, aber mittlerweile froh darüber, der hektischen Großstadt entkommen zu sein. Silvias Wohnung hatte Schröck in all der Zeit ihrer Beziehung nur selten zu sehen bekommen. Sie sei ihr persönliches Refugium, sagte sie immer, deshalb wolle sie ihre eigenen vier Wände haben und diese auch keinesfalls mit jemandem teilen.

Schröck hatte ihre Meinung akzeptiert, aber immer gehofft, dass sie es sich irgendwann anders überlegen würde. Später dann, als er schon für den BND arbeitete und Silvia ihm immer öfter damit in den Ohren lag, dass er nun nicht einmal mehr an den Wochenenden für sie Zeit habe, war ihm klar, dass sie niemals zusammenziehen würden. Schröck hatte Verständnis dafür. Sollte sie denn die Abende mit seiner alten Haushälterin Liba verbringen? Würde Silvia alleine in Schönbergmoos herumsitzen, würde sie versauern. Sämtliche ihrer Freunde lebten in München, und sie war das Stadtleben gewohnt.

Schröck hatte wahrgenommen, dass Silvias Gefühle für

ihn in den letzten Monaten abgekühlt waren. Wenn er nach seinen Aufträgen wieder da war und sie anrief, um sich mit ihr zu verabreden, sagte sie immer öfter mit der Begründung ab, sie sei hundemüde und total erledigt und müsse endlich einmal ausschlafen, weil im gerichtsmedizinischen Institut die ganze Woche über die Hölle los gewesen sei. Und wenn Schröck ehrlich zu sich selbst war, musste er sich auch eingestehen, dass er darüber nicht wirklich traurig war. Denn sosehr er sich auch immer wieder nach Sylvias Nähe gesehnt hatte, so genau wusste er, dass sie sich schon seit geraumer Zeit auseinandergelebt hatten und ihnen die Liebe zueinander abhandenkam.

Schröck sah die Schuld vorwiegend bei sich und seinem Beruf. So war es auch in seiner Ehe gewesen, sie war langsam zerfallen, ausgelöst durch seine Arbeit. Polizisten sollten keine festen Beziehungen haben und BND-Agenten schon gar nicht.

Nun war es also offiziell. Liba schlug die Hände über dem Kopf zusammen, als Schröck es ihr erzählte. »Der Herr Hauptkommissar ist jetzt also ein richtiger Agent? Da müssen Sie aber gut Obacht auf sich geben, wenn alles so ist wie in den Filmen im Fernsehen. Die schau ich mir manchmal an, obwohl sie mich immer sehr aufregen tun. Hoffentlich passiert Ihnen nur nichts.«

Silvia hatte ihm bereits gratuliert und mit hörbarer Resignation in der Stimme gesagt, der Wechsel sei ja nur mehr eine Formalität gewesen und wahrscheinlich würde er von nun an noch häufiger weg sein als in der Vergangenheit.

Erst als sein Handy läutete, bemerkte Schröck, dass er den Briefumschlag noch immer in Händen hielt und ihn zerknüllt hatte. Er nahm den Anruf an.

Es war Klaus Heinrich. Wie gewohnt hielt sich sein Führungsoffizier nicht lange mit Höflichkeitsfloskeln auf. »Ich habe was Neues für dich, Michael. Du musst sofort ins Salzkammergut fahren, nach Österreich.«

»Wohin?«, fragte Schröck nach. »Nach Salzburg?«

»Nein, ins Salzkammergut, in einen Ort namens Hallstatt. Weltkulturerbe oder so was, jedenfalls gibt es da jede Menge Touristen. Scheint ziemlich idyllisch zu sein, mit Bergen, einem See, malerischen Häuschen und einer langen Geschichte als Salzabbaugegend. Die Chinesen haben den Ort kurzerhand als Attraktion in ihrem Land nachgebaut. In Hallstatt wurde auch der berühmte ›Mann im Salz‹ gefunden, wenn dir der was sagt.«

»Okay«, sagte Schröck gedehnt, »und was soll ich da? Wie es sich anhört, ist der Salzmann schon einige Zeit tot, und wenn es sich nicht um Fremdverschulden gehandelt hat –«

»Quatsch«, sagte Heinrich. »Die Sache ist ein wenig heikler. Am vorigen Wochenende ist in Hallstatt einer von unseren Leuten, Honorarkonsul Dr. Gottlieb Bechstein, zu Tode gekommen. Er hat eine Zeit lang für die Firma gearbeitet und hatte immer noch großen Einfluss. Bechstein gehörte 1990, während des Zweiten Golfkriegs, zum Krisenstab des Auswärtigen Amtes und war ein sehr geschätzter Vertrauter des verstorbenen saudi-arabischen Königs Abdullah. Er hat ihn von Zeit zu Zeit sogar als Berater herangezogen. Für Berlin hat Bechstein in einigen heiklen Angelegenheiten als Vermittler fungiert. Aus Dankbarkeit und weil man sich absichern wollte, dass er nicht ausplaudert, was er damals gehört und gesehen hat, hat man ihn zum Honorarkonsul der Bundesrepublik Deutschland in China gemacht.«

»Ein Herzinfarkt?«, fragte Schröck scheinheilig.

»Sehr witzig. Natürlich nicht. Die Österreicher haben nach einem Tipp von seinem Leibwächter Experten aus Wien hingeschickt, die bei der gerichtsmedizinischen Untersuchung einen Mix aus Aconitin, das Gift des Eisenhuts, und – jetzt halt dich fest – Polonium-210 gefunden haben. Wie du weißt, kann man dieses Teufelszeug nicht gerade an jeder Ecke kaufen. Angeblich war die Dosis ziemlich hoch, Bechstein soll strahlen wie ein Weihnachtsbaum. Nachdem feststand, dass er damit kontaminiert war, sind die Kollegen aus Wien wieder abgezogen und haben uns verständigt. Offiziell, weil alle

Fakten auf eine internationale Beteiligung hinweisen. Na ja, ich denke, in Wirklichkeit wollen die sich bloß raushalten, deshalb haben sie uns den Fall überlassen. Die Chinesen machen auch schon Druck, weiß der Teufel, wieso. Vielleicht hat es etwas damit zu tun, dass gemunkelt wird, Bechstein habe sich unter anderem einen Namen beim Einfädeln von Waffengeschäften gemacht. Je früher du vor Ort bist und dich darum kümmerst, desto besser, Michael.«

Schröck runzelte die Stirn. »Na klasse! Ich hatte mal einen Fall in Schwabing, bei dem eine Ehefrau ihren Gatten mit Eisenhut kaltgemacht hat. Aber Polonium-210? Das passt doch nicht zusammen.«

»Polonium wurde schon öfter eingesetzt, um sich unbeliebter Leute zu entledigen. Seine Verwendung ist relativ ungefährlich. Bei der Strahlung, die es beim Zerfall abgibt, handelt es sich um Alphastrahlung. Sie ist harmlos, wenn sie von außen auf den Körper trifft. Die menschliche Haut genügt als Barriere, um die inneren Organe zu schützen. Selbst wenn man es in einem ganz gewöhnlichen Glasfläschchen transportiert, besteht keine Gefahr für den, der das Zeug einsetzt. Aber wenn Polonium-210 in den Körper gelangt, entweder über das Essen, über Getränke oder über die Atmung, dann geht es richtig zur Sache. Sobald du es runterschluckst, entfaltet die Strahlung ihre zerstörerische Wirkung. Zwar wird ein großer Teil des aufgenommenen Poloniums direkt wieder ausgeschieden, aber der Rest erreicht über den Blutstrom das Gewebe und die Organe. Die Energie der Alphastrahlung ist gewaltig, sie zerstört Zellstrukturen und die DNA. Wenn das Erbgut dann zu schwer beschädigt ist, stirbt die Zelle ab. Gemeinerweise sind gerade jene Zellen davon betroffen, die sich schnell teilen, etwa die Knochenmarks- und die Darmzellen. Je nach Dosis dauert es Wochen oder auch nur wenige Tage, bis dem Betroffenen die Haare ausfallen und es zu inneren Blutungen kommt. Rettung gibt es keine. Man kann nur die Schmerzen lindern und dabei zusehen, wie das Opfer elendig zugrunde geht.«

»Das ist ja irre. Haben wir das Zeug auch schon mal eingesetzt?«, fragte Schröck.

»Du, Michael, ich verstehe dich gerade nicht so gut. Ich glaube, unsere Verbindung ist irgendwie gestört.«

»Schon recht. Ich sag ja gar nichts mehr. Aber war es nicht auch Polonium-210, das sie bei Arafat gefunden haben?«

»Genau.«

»Und wie passt dann dieses andere Gift dazu?«

»Der Eisenhut, das Aconitin, meinst du? Entweder hat der Mörder es plötzlich eilig gehabt, oder er wollte Bechsteins Leiden verkürzen. An Letzteres glaube ich allerdings nicht. Und jetzt genug der Fragen. Mach dich lieber sofort auf den Weg. Ich werde dir die Namen und Adressen von ein paar Ansprechpersonen vor Ort schicken.«

Nachdem sie aufgelegt hatten, fuhr Schröck den Laptop hoch. Heinrichs Mail war schon eingegangen. Schröck ließ sie durch das Entschlüsselungsprogramm laufen. Das Verfahren, mit dem die Nachricht zuvor in ein unleserliches Gewirr von Zeichen und Zahlen verwandelt worden war, nannte sich Transposition. Die Zeichen des Textes waren umsortiert, die Anordnung von Buchstaben und Silbenketten mittels Permutation verändert worden. Schröck hatte dem Kollegen aus der Informationstechnik nur mit einem Ohr zugehört, als dieser ihm das Verfahren bei der Schulung erklärt hatte. Nur bei dem Teil, der die Bedienung der Entschlüsselungssoftware zum Thema hatte, hatte er aufgepasst.

Das Buchstabenchaos auf dem Bildschirm begann sich zu ordnen, und nach kurzer Zeit erschienen eine Liste mit Namen und einige Fotos. Schröck zog die Dateien in eine Mail und schickte sie sich auf sein Handy.

Dann ging er ins Schlafzimmer, um zu packen.

## 2

Kurz vor Irschenberg hatte sich ein kilometerlanger Stau gebildet. Wahrscheinlich ein Unfall, dachte Schröck und auch, dass er auf das kühle Bier, das er an der Autobahnraststätte hatte trinken wollen, nun wohl verzichten musste. Sein Wagen hatte schon bald zwanzig Jahre auf dem Buckel. Würde sich nicht sein Nachbar in Schönbergmoos, der in einer Scheune ohne behördliche Genehmigung eine Autowerkstatt betrieb, aus purer Nostalgie oder weil er fürchtete, der Polizist würde ihn ansonsten beim Finanzamt verpfeifen, um den alten Passat kümmern, hätte sich Schröck schon längst einen neuen fahrbaren Untersatz zulegen müssen.

Die Sonne brannte beinahe den Lack vom Blech und verwandelte Schröcks Auto in einen Backofen. Der Zeiger der Temperaturanzeige bewegte sich langsam, aber stetig auf den roten Bereich zu. Schröck hoffte das Beste und beschloss, nicht untätig herumzusitzen. Er nahm sein Handy, holte sich Heinrichs Dokumente aufs Display und öffnete den knapp gehaltenen Bericht des Beamten, der als Erster bei Bechstein gewesen war.

Der Polizist hatte die Personalien der Anwesenden aufgenommen und die erfolglosen Versuche, den Konsul wiederzubeleben, dokumentiert. Demnach waren außer dem Opfer, Dr. Bechstein, und dessen Lebensgefährtin, Alina Soukup, noch ein einheimischer Fremdenführer und der Leibwächter einer Wiener Personenschutzfirma mit auf dem Kirchenhügel gewesen. Alina Soukup war die Tochter eines Diplomaten der Tschechoslowakischen Sozialistischen Republik, der nach dem Fall des Eisernen Vorhangs in Amerika geblieben war und seine Verbindungen genutzt hatte, um von dort aus mit Hilfe seines Insiderwissens gutes Geld mit dem Verscherbeln von ehemals sozialistischen Firmen zu machen.

Der Konsul war auf dem alten Friedhof, nur ein paar Meter

vor dem Eingang des Beinhauses, plötzlich zusammengebrochen und kurz darauf verstorben. Der Notarzt war sofort verständigt worden und hatte anstandshalber noch zehn Minuten lang versucht, Bechstein zu reanimieren.

»Beinhaus«, murmelte Schröck. »Was zur Hölle ist ein Beinhaus?« Er rief eine Suchmaschine auf dem Mobiltelefon auf und gab »Hallstatt Beinhaus« in die Maske ein. Auf dem Display erschienen Fotos von einem kleinen Raum, unter dessen gewölbter weiß getünchter Decke fein säuberlich Hunderte von Totenschädeln aufgeschichtet lagen.

Schröck klickte auf eines der Bilder und wurde auf eine Website der Marktgemeinde mit folgender Erklärung weitergeleitet:

»Im weltberühmten Hallstätter Beinhaus, der Michaelskapelle neben der katholischen Kirche, auch Karner oder Ossuarium genannt, befinden sich etwa tausendzweihundert Schädel von Verstorbenen vom Friedhof in Hallstatt. An die siebenhundert davon sind bemalt. Der Brauch der Schädelmalerei nahm in Hallstatt etwa um 1720 seinen Anfang, aber schon seit dem 17. Jahrhundert werden im Beinhaus Totenköpfe als Art der zweiten Bestattung aufbewahrt. Irrtümlich glaubte man, dass der Platzmangel auf dem Friedhof Grund für den Brauch sei, Forschungen zeigen jedoch, dass diese Art der Totenwürdigung der Tradition der einzelnen Hallstätter Familien entstammt.«

Schröck fand die Vorstellung, dass Tote erst zehn bis zwanzig Jahre im Grab lagen, bevor sie vom Totengräber wieder ausgebuddelt wurden, nicht besonders angenehm. Bei der Prozedur wurden die Schädel zusammen mit ein paar anderen Knochen dem Grab entnommen, gereinigt und anschließend zum Bleichen in die Sonne gelegt. Erst dann wurden sie bemalt. Auf besonderen Wunsch, so las er weiter, konnte man sich nach seinem eigenen Tod auch heute noch im Beinhaus einlagern lassen.

Schröck schüttelte kurz den Kopf, um die gedankliche Verbindung zwischen aufgeschichteten Totenköpfen und dem großelterlichen Obstkeller, in dem rötliche Winteräpfel lagerten, zu verdrängen.

Dr. Bechstein war also vor der Kirche auf dem Friedhof verstorben, weil man ihn gleich zweimal vergiftet hatte. Vielleicht hatte jemand auf Nummer sicher gehen wollen, oder es hatte diesem Jemand mit dem Polonium-210 zu lange gedauert, sodass er die Geduld verlor und nachhalf. Interessant war, dass der Mitarbeiter der Wiener Personenschutzfirma aus der Gegend um den Hallstätter See zu stammen schien. Schröck hatte den Namen des Ortes gelesen, als er sich über die geografische Lage des Salzkammerguts schlaugemacht hatte. Der Mann hieß Johann Zahler, sein Geburtsort war mit Bad Goisern angegeben, und er war dem Polizeibeamten, der den Bericht verfasst hatte, persönlich bekannt.

Zahler war sechsunddreißig Jahre alt, hatte nach dem Abitur eine Zeit lang Sport- und Ernährungswissenschaften studiert und nach Abbruch seines Studiums bei einer Personenschutzfirma in Wien angeheuert. Mit dem Auftrag, Bechstein während seines gesamten Österreich-Aufenthalts zur Verfügung zu stehen, war er dem Konsul exklusiv zugeteilt worden.

Schröck beschloss, falls die Autoschlange sich irgendwann einmal weiterbewegen und er wider Erwarten doch noch in Hallstatt eintreffen würde, gleich mit Zahler Verbindung aufzunehmen.

Etwa um halb zwei Uhr nachmittags und nach einem Temperaturanstieg von gefühlten zwanzig Grad hatte sich der Stau aufgelöst. Schröck verließ die Autobahn und kam die letzten fünfzig Kilometer bis nach Hallstatt zügig voran.

Die Straße schlängelte sich zwischen malerischen grünen Hügeln hindurch, hinter denen ein Bergmassiv durchschimmerte. Das musste der berühmte Dachstein sein, dachte Schröck und nahm sich vor, eine Panoramakarte zu besorgen. Wenn er schon einmal hier war ... Die letzten Kilometer führte die Straße ihn am Ufer des Hallstätter Sees entlang.

Dreieinhalb Stunden nachdem er in Schönbergmoos aufgebrochen war, lenkte Schröck den Wagen aus dem Tunnel der Umgehungsstraße. Auf dem Platz vor der Schiffsanlegestelle tummelten sich Touristen. Souvenirstände, an denen kitschige Plüschfiguren, pseudo-urige Miniaturbierkrüge und Austria-Sticker angeboten wurden, säumten die schmale Straße. Ein paar Meter weiter versperrte ihm eine automatische Schrankenanlage den Weg. Die Einfahrt in den Ort war nur Anwohnern gestattet. Schröck erinnerte sich, davon gelesen zu haben. Er hielt an und kramte die Buchungsbestätigung heraus, die ihm Klaus Heinrich gemailt und die er in letzter Sekunde ausgedruckt hatte. Im Nu war er umringt von einem Strom zumeist asiatischer Menschen. Sie trippelten wie eine Straße von Ameisen dahin, alle in dieselbe Richtung, schwitzend und gut gelaunt plappernd. Schröck fand die Stelle auf dem Ausdruck, wo stand, dass das Zentrum des UNESCO-Weltkulturerbe-Ortes Hallstatt verkehrsberuhigt sei und man Gäste ersuche, die öffentliche Parkgarage P1 zu benutzen. Dort könnten sie vergünstigt parken. Die Telefonnummer des hoteleigenen Shuttlebusses war auch aufgeführt. Schröck tippte die angegebene Adresse des Parkhauses ins Navi und wendete den Wagen vorsichtig, um keine Asiaten zu rammen.

Er musste nicht lange warten. Wenige Minuten nachdem er in seiner Unterkunft angerufen hatte, bog ein dunkelblauer Kleinbus mit Hotelaufschrift auf den Platz vor der Parkgarage. Ein freundlicher junger Mann hieß Schröck mit Handschlag willkommen und lud das Gepäck in den Van. Es dauerte nur knappe fünf Minuten, dann hielten sie auf einem Parkplatz am See unweit der evangelischen Kirche. Gegenüber vom Gotteshaus lag der Zugang zum Hotel.

Der Fahrer, dem die Hitze nichts auszumachen schien, griff sich Schröcks Tasche und den Koffer, klemmte sich den Laptop unter die Achsel und bedeutete dem neuen Gast, ihm zu folgen. Auf einer Schiefertafel vor dem Hoteleingang, einer Mischung aus Holzverkleidung, Glas und dezentem

Rot mit goldenem Krönchen-Emblem, wurde mitgeteilt – alles von Hand mit Kreide geschrieben –, dass das Restaurant »open from 11:00 am to 9:45 pm« sei und es außerdem noch »ICE CREAM & delicious cakes« gäbe.

Die junge Frau an der Rezeption händigte Schröck seinen Zimmerschlüssel aus, bat ihn, die Angaben auf dem Anmeldezettel zu überprüfen und diesen, falls alles in Ordnung sei, zu unterzeichnen. Mit geübter Sicherheit, ohne richtig hinzusehen, legte sie ihren Zeigefinger auf die Stelle des Papiers, an die Schröck seine Unterschrift setzen sollte. Es schien, als sei man hier internationale Gäste gewöhnt – kein Wunder bei den Massen, die sich in dem kleinen Ort am See herumtrieben.

Schröck ging auf sein Zimmer und war begeistert. Vom Fenster aus hatte er einen atemberaubenden Ausblick auf das Wasser und die grünen Hügel am gegenüberliegenden Ufer.

Nun konnte er auch endlich sein durchgeschwitztes Hemd loswerden. Das Zimmer war geräumig und mit Geschmack eingerichtet, das Badezimmer modern und sowohl mit Dusche als auch mit Wanne ausgestattet. Sogar den Rasierspiegel hatte man nicht vergessen. Schröck drehte die Klimaanlage hoch, ging unter die Dusche und ließ sich abwechselnd warmes und kühles Wasser über den Nacken laufen. Falls die Ermordung Bechsteins mit seinem Amt als Honorarkonsul in China zu tun hatte, rechnete sich Schröck keine besonders großen Chancen aus, den Fall aufklären zu können, geschweige denn die Drahtzieher oder gar die Täter zu finden. Vermutlich waren die schon längst über alle Berge – im wahrsten Sinne des Wortes.

Und sollte es ein Asiate gewesen sein – von denen wimmelte es hier nur so. Die kleine Marktgemeinde schien zum Pilgerort für Chinesen geworden zu sein, seit diese, wie ihm Heinrich erzählt hatte, Hallstatt in ihrem Reich der Mitte nachgebaut hatten. Es gab offenbar eine ganze Menge reicher Chinesen, jemand mit Normalverdienst könnte sich die Reise nach Europa doch gar nicht leisten.

Während er sich abtrocknete, dachte Schröck an sein eigenes Zuhause und überlegte kurz, ob er Silvia anrufen sollte. Schnell verwarf er den Gedanken wieder. Wahrscheinlich war sie noch im Institut und, wie in letzter Zeit immer, viel zu beschäftigt, um ein Gespräch zu führen, das bei ihm keinen faden Geschmack hinterlassen würde, weil es ihm vorkam, als würde er sie stören.

Schröck schickte Silvia nur eine kurze SMS: »Bin gut angekommen. Hdl, Michael«. Damit war der äußeren Form Genüge getan.

Er legte das Mobiltelefon auf das Designer-Nachtkästchen, er rechnete nicht mit einer Antwort und überließ sich stattdessen wieder seinen Gedanken zu dem neuen Fall. Schröck beschloss, sich am Empfang nach dem Weg zum Beinhaus zu erkundigen. Er wollte den Ort, an dem Bechstein verstorben war, genauer unter die Lupe nehmen, später dann im Zentrum herumlaufen und vielleicht irgendwo am See ein Glas Bier trinken. Bechstein und seine Lebensgefährtin Alina Soukup hatten im selben Hotel wie er gewohnt. Wie Schröck dem Bericht entnommen hatte, war der Konsul nur wenige Minuten nach ihrem Aufbruch vom Hotel auf dem Friedhof der katholischen Kirche zusammengebrochen. Schröck würde sich ein wenig umsehen und den Spuren von Bechsteins letztem Weg folgen.

## 3

Drei Tage waren seit Bechsteins Tod verstrichen. Zahler stand vor der Eingangstür zum Gasthof Scheffler. Das alte Wirtshaus war schon seit Jahren nicht mehr im Besitz der Familie, eine Gastro-GmbH hatte es übernommen. Niemand wusste, wer die eigentlichen Eigentümer waren, Bad Goiserer waren es jedenfalls keine. Das alte Haus, das – zugegeben – schon ein wenig heruntergekommen war, war neu renoviert worden. Südseitig war ein Wintergarten angebaut worden, damit die Besucher auch in der kühleren Jahreszeit das Gefühl hatten, draußen zu sitzen. Ob die knallgrünen Fensterrahmen noch aus Holz waren oder praktischeren Alu- oder Plastikprofilen hatten weichen müssen, war nicht zu erkennen. Alles, selbst die neue Hausfassade, war grell eingefärbt. Das helle Gelb blendete einen geradezu, vom ursprünglich ländlichen Bauerngasthof war kaum noch etwas übrig geblieben. Puppenhausarchitektur. Man stellte sich eben auf die Erwartungen seiner Gäste ein.

Johann Zahler war unschlüssig, ob er wirklich hineingehen sollte. Er überlegte, ob er nicht ins Auto steigen und wieder wegfahren sollte. Das Wirtshaus rief alte Erinnerungen in ihm wach. Er und seine fünf Jahre ältere Schwester hatten die Eltern manchmal anlässlich einer der wenigen Familienfeiern hierher begleiten dürfen. Seine Erinnerungen daran waren allerdings schon sehr verschwommen.

Aber was er noch genau wusste, als hätte es sich in sein Hirn eingebrannt, war, wie ihn der Großvater damals am nächsten Morgen nach einer dieser Feiern – er war mit den Großeltern schon früher heimgefahren – angewiesen hatte, sich ruhig hinzusetzen, weil er ihm etwas sagen müsse. Lange herumzureden bringe nichts, hatte er gemeint. Die Eltern und auch Rosa, Joes Schwester, seien verunglückt und würden nicht mehr heimkommen. Alle drei hätten bei dem Autounfall ihr Leben verloren, Joe würde ab jetzt bei ihm wohnen müssen, weil ihn sonst niemand aus der Familie haben wolle, etwas anderes käme aber sowieso nicht in Frage, er sei schließlich ein Zahler.

Joe war damals erst sechs Jahre alt gewesen. Er hatte einige Zeit gebraucht, bis er begriff, dass er seine Eltern und seine Schwester niemals wiedersehen würde. Der Großvater hatte den Kontakt mit den Verwandten von Joes Mutter vermieden und tat es immer noch. Wie Joe später erfuhr, weil diese ihn wegen seiner Einstellungen ablehnten. Es hieß, er sei ein alter Nazi. Zu jener Zeit lebte Joes Großmutter schon lange nicht mehr. Er hatte sie nie zu Gesicht bekommen. Der Großvater versorgte ihn gut und erzog ihn, war jedoch kein emotionaler Mensch. Kinder ertragen viel, aber wann immer der kleine Joe traurig war, weil ihm die liebevolle Zuneigung seiner Eltern fehlte, saß er stundenlang drüben am See und ließ flache Steine – Plattler, wie sie genannt wurden – übers Wasser tanzen.

So war es auch am Vormittag gewesen. Er war am See gestanden und hatte wieder einmal darüber nachgedacht, was wohl gewesen wäre, wenn es damals keinen Unfall gegeben hätte, als sein alter Schulkollege Ludwig mit seinem Boot vom Fischen kam und am Steg, unweit der Stelle, wo Joe stand, anlegte. Ludwig Kain, der immer noch so aussah wie früher, nur eben ein bisschen älter, machte den Kahn fest und eilte zu ihm hinüber. Er hatte Joe trotz dessen rasierter Glatze sofort erkannt.

Joe hatte sich die Frisur nicht zugelegt, um gefährlich auszusehen, obwohl das einige Kollegen taten, die mit ihm in derselben Personenschutzfirma arbeiteten. Sie wollten allein schon durch ihr Aussehen potenzielle Störenfriede abschrecken. Joe hingegen hatte sich für den radikalen Schritt entschieden, weil die Neigung für das schüttere Haupthaar bei der Zahler-Familie vom Großvater dem Vater und von diesem Joe vererbt worden war. Das goldene Flinserl, sein Ohrstecker, war ein Geschenk von Babsi, seiner Wiener Freundin. Joe schaue trotz Glatze noch viel zu brav aus, hatte sie gemeint.

Ludwig freute sich ehrlich über das Zusammentreffen mit

Joe, das konnte man ihm ansehen, und überredete ihn, am Abend zum Stammtisch zu kommen, wo er doch wieder einmal im Land sei. Man bekäme ihn eh viel zu selten zu Gesicht. Er würde den alten Schulkameraden begegnen, die sich sicher darüber freuen würden, ihn wieder einmal zu sehen.

Erst hatte Joe abgelehnt, dann aber nach Ludwigs Drängen schließlich zugesagt. Er wollte ihn nicht vor den Kopf stoßen.

Jetzt stand er vor dem Eingang der Wirtschaft und hätte am liebsten auf dem Absatz umgedreht.

Plötzlich zuckte er zusammen. Ein Schlag traf seinen Rücken, zwei Arme legten sich wie Klammern um seine Schultern. Joe bekam den Daumen des Angreifers zu fassen und bog ihn nach hinten. Ein Schrei ertönte, dann ließ der Mann, der ein gutes Stück größer war als Joe, locker. Der wirbelte herum und wollte den vermeintlichen Angreifer zu Sturz bringen, als ein mehrstimmiges Lachen erklang.

»Spinnst du? Lass mich gefälligst los!«, rief Joes Opfer. »So ein Depp. Du hast mir fast den Daumen gebrochen!«

Zahler sah sich umringt von einer Gruppe von Männern, manche in Jeans, andere in kurzen Lederhosen. Die meisten von ihnen erkannte er sofort. Es waren die ehemaligen Nachbarsbuben, die wie er erwachsen geworden waren.

Lois, der schon in der Schule einer der aggressivsten Raufer in der Klasse gewesen war, rieb sich seine Hand und funkelte Joe wütend an.

»Tut mir leid, ich wusste ja nicht, dass du es bist«, sagte Joe.

Aber Lois drängte sich an ihm vorbei und zischte: »Mensch, bist du ein blöder Hund!«

In Wirklichkeit bereute Joe sein Verhalten nicht im Geringsten. Lois Gruber hatte ihn in ihrer gemeinsamen Volksschulzeit ein paarmal grundlos verprügelt.

Die anderen ignorierten den eingeschnappten Lois, streckten Joe die Hände zum Gruß entgegen und klopften ihm auf die Schulter. Vielleicht wird der Abend ja doch ganz nett, dachte Joe.

Der Kellner war noch derselbe wie früher, nur sichtbar älter geworden. Hinter der Theke zapfte er Bier und nickte Joe und den anderen zu, als sie die Wirtsstube betraten. Auf den ersten Blick hatte sich die Einrichtung nicht sehr verändert, wirkte aber dennoch irgendwie anders, unechter, so als hätte man sie mit einer Schicht Plastik überzogen. Die Wände waren frisch gestrichen, alles war hell und freundlich, aber auch unpersönlich, ohne Charme. Die Blumen auf den breiten Fensterbrettern stammten nicht wie früher aus dem Garten der alten Schefflerin – sie war schon vor ein paar Jahren gestorben –, sondern vermutlich aus China oder einem anderen asiatischen Land. Sie waren künstlich.

Am Stammtisch saßen schon ein paar Männer, alle Mitte dreißig. Joe erkannte die meisten von ihnen, sie waren aus Bad Goisern oder der Umgebung. Ein dicker, rotgesichtiger Mann am Kopfende des Tisches sprang freudig auf und hielt ihm die Hand hin. Der Bäckersohn hatte sich kaum verändert. Joe erinnerte sich daran, dass Wilfried früher bei jeder Kleinigkeit in Tränen ausgebrochen war. Die Größeren hatten ihn wegen seiner Korpulenz aufgezogen und herumgeschubst, aber seine Klassenkameraden hatten ihn akzeptiert. Was vor allem daran gelegen hatte, dass seine Mutter zur Faschingszeit ein großes Blech voller Krapfen in die Schule brachte und Wilfried immer ein paar frische Semmeln mehr dabeihatte, die er, gutmütig, wie er war, an die hungrigen Mitschüler verteilte. Er war sogar dabei gewesen, wenn sie um die Häuser zogen und die Erdbeerbeete in den Hausgärten der Bauern plünderten.

Joe schüttelte Hände um Hände. Ja, es gehe ihm gut, ja, dem Großvater auch. Richtig, er sei jetzt schon über achtzig, aber immer noch rüstig. Joe setzte sich und bestellte ein Bier. Es kam ihm wirklich so vor, als hätte sich hier kaum etwas verändert, seit er nach Wien gegangen war. Natürlich, sie waren allesamt älter geworden und hatten unterschiedliche Laufbahnen eingeschlagen, aber im Grunde verhielten sie sich immer noch wie früher, als sie miteinander die Schulbank gedrückt hatten. Nach der dritten – oder war es schon die vierte? – Runde Bier fühlte Joe sich richtig wohl, fast schon wie zu Hause. Freimütig erzählte er von Wien, von seiner Freundin Babsi und wie er sie in einem Fitnessstudio kennengelernt hatte. Die alten Freunde waren neugierig und fragten nach seinem Job. Joe erzählte von den Ausbildungslehrgängen zum Personenschützer, die er absolviert hatte, von seinen Auslandseinsätzen, vom Waffen- und Nahkampftraining und stieß damit auf großes Interesse. Kaum einer der Anwesenden, den Bäckersohn vielleicht ausgenommen, war bei Tanzabenden, Hochzeiten oder wenn ihm jemand blöd gekommen war, nicht schon mal in den einen oder anderen Raufhandel verwickelt gewesen.

Lois Gruber hatte bisher kaum ein Wort gesprochen. Aus dem Augenwinkel heraus beobachtete Joe, wie er ihn die ganze Zeit über unverwandt anstarrte. Zu jeder Runde Bier hatte er sich einen Zirbenschnaps bestellt und war dementsprechend betrunken.

»Du bist ja ein toller Leibwächter, wenn die Leute, auf die du aufpassen sollst, vor deiner Nase umgebracht werden! Kann nicht weit her sein mit deiner Ausbildung!«, rief er plötzlich lallend in Joes Richtung.

Am Tisch wurde es schlagartig still.

»Hat's euch die Sprache verschlagen, oder was?«, grölte Lois weiter. »Von so einem Versager wie dem möchte ganz sicher niemand mehr beschützt werden.«

»Hör nicht auf ihn«, versuchte Wilfried zu beschwichtigen. »Du kennst doch den Lois, der ist immer noch so wie früher. Er stänkert gern und noch viel lieber, wenn er zu viel getrunken hat, nicht wahr, Lois?« Wilfried legte ihm den Arm um die Schultern, aber Lois Gruber schüttelte ihn ab.

»Nimm deine fetten Pfoten von mir!«, herrschte er ihn an. »Ich meine es so, wie ich es sage. Du meinst wohl, dass du jetzt etwas Besseres bist, weil du in Wien wohnst, was, Joe? Ein Bodyguard? Hast dir zu viele Filme angeschaut? Fest steht jedenfalls, dass sie dir deinen Konsul unterm Hintern weggemordet haben. Mein Gott, so eine große Klappe und so ein Versager.« Lois nahm einen großen Schluck Bier, stand auf und rieb sich den Daumen, den Joe ihm verbogen hatte. »Ich gehe jetzt heim, weil hier heute eh nichts Gescheites mehr passiert. Und auf die Prahlereien von diesem Personenbeschützer für Arme hab ich auch keinen Bock mehr.« Lois wankte an die Theke und bezahlte.

Joe hatte bislang nichts erwidert. Normalerweise wäre ihm schon bei Lois' ersten Worten der Kragen geplatzt. Er wunderte sich selbst über seine Zurückhaltung, aber statt Zorn verspürte er nach Lois' verbaler Attacke nur eins: Scham. Im Grunde hatte er ja recht. Er hatte Dr. Bechstein in den letzten zwei Wochen Tag und Nacht nicht aus den Augen gelassen. Vor der Reise ins Salzkammergut hatte sein Chef ihn noch einmal in sein Büro beordert und ihm aufgetragen, auf Konsul Bechstein so gut wie nur möglich achtzugeben. Das Gefährdungspotenzial habe sich erhöht, ein Anschlag könne nicht ausgeschlossen werden. Bechstein sei, wie er sagte, ins Visier einer Gruppe aus Fundamentalisten oder ähnlich gewaltbreiten Typen geraten. Genaueres hatte er leider nicht gesagt, aber Joe solle die Augen offen halten. Er hatte nicht nachgefragt, aber die Warnung ernst genommen. Er war stolz auf seine Disziplin gewesen.

In den ersten Reisetagen war er nicht von Bechsteins Seite gewichen. Nicht einmal dann, als ihn der Konsul brüsk angewiesen hatte, ihm nicht so auf die Pelle zu rücken. Und trotzdem war er jetzt tot. Freilich hatte Joe nie und nimmer damit gerechnet, dass jemand versuchen würde, Bechstein zu vergiften. Der Tipp, man solle die Leiche näher untersuchen, und damit auch der Hinweis auf das stattgefundene Verbrechen waren von Joes Onkel gekommen.

Leo Zahler war praktischer Arzt, niedergelassen in Bad Goisern, und rein zufällig ebenfalls in der Nähe des Hallstätter Beinhauses, als der Konsul ebendort zusammengebrochen war. Eine Frau hatte geschrien, der Arzt war sofort hingeeilt und hatte versucht, lebensrettende Maßnahmen einzuleiten.

Bechsteins Haut war schweißnass gewesen. Seine Begleiterin berichtete später, der Konsul habe sich vor Schmerzen gewunden. Bereits am Morgen, gleich nach dem Aufstehen, habe er darüber geklagt, dass ihm kalt und übel sei. Eine Stunde später war er tot gewesen, und Joe hatte nichts daran ändern können.

Vergeblich hatte er sich das Gehirn zermartert. In den letzten Tagen war ihm niemand aufgefallen, der auch nur ansatzweise das Potenzial eines Attentäters gehabt hätte. Niemand Ungewöhnliches hatte sich dem Konsul genähert, und Joe hatte bei der Ankunft im Hotel sofort das Küchenpersonal so gründlich überprüft, wie es eben möglich war. Es war nicht leicht gewesen, sich einen Eindruck zu verschaffen. Bis auf zwei Frauen, die aus dem Ort stammten, kamen die meisten aus Polen und Bosnien, das Servierpersonal war zum Großteil aus Tschechien. Er hatte das Gefühl gehabt, dass alle sauber waren. Und auch, als dann die Polizisten aus Wien eingetroffen waren, war keiner von ihnen plötzlich verschwunden gewesen.

Nachdem Fakt war, dass Bechstein mit dem Gift des Eisenhuts umgebracht worden war, hatte Joe Onkel Leo um Hintergrundwissen gebeten. Die Pflanze war überall auf Wiesen und am Waldrand zu finden. Joe erinnerte sich, dass sogar seine Großmutter in ihrem Bauerngarten eine Eisenhutstaude gezogen hatte, weil sie mit ihren grazilen blauen Blüten, die Glocken ähnelten, so schön anzusehen war. Am Tag vor seinem Tod konnte man Bechstein schlecht damit vergiftet haben, weil er dann schon in der Nacht Koliken bekommen hätte, was seiner Lebensgefährtin aufgefallen wäre. Sie schliefen im selben Hotelzimmer, obwohl Bechstein ziemlich laut schnarchte. Joe hatte das Zimmer daneben bezogen, das über eine Verbindungstür verfügte. Außer Bechsteins Schnarchen in den paar Nächten, die sie in Hallstatt verbrachten, hatte Joe zumeist keine anderen Geräusche gehört. Er vermutete, dass bei den beiden im Bett nicht mehr allzu oft etwas lief. War das der Grund gewesen, warum ihn die »Frau Konsul«

manchmal so komisch angeschaut hatte? Joe hatte ihre Blicke bemerkt, sich aber nicht weiter darum gekümmert. Sollte sie doch schauen, wie sie wollte.

Er hatte sich schon auf das Ende des Jobs gefreut, wenn er endlich heimfahren konnte. Recht viel fehlte nicht mehr, dann hatten Babsi und er das Geld zusammen, um sich eine größere Wohnung zu nehmen, eine mit zwei Kinderzimmern. Seine Freundin wünschte sich Kinder. Joe konnte sich zwar nicht vorstellen, wie das Leben mit Kindern sein würde, aber je mehr Babsi darüber redete, desto erstrebenswerter erschien es ihm, Kinder zu haben. Großvater hatte auch schon einmal gefragt, ob er denn nicht daran denke, bald eine Familie zu gründen. Joe glaubte, den Grund der Frage zu wissen. Sein Großvater wollte nicht, dass sein Name in Vergessenheit geriet.

Den Morgenkaffee an seinem Todestag hatte Bechstein gemeinsam mit seiner Lebensgefährtin im Frühstücksraum des Hotels eingenommen. Ein Kellner hatte mit einer Thermoskanne die Runde gemacht und an verschiedenen Tischen Kaffee nachgeschenkt. Hätte der Täter Gift hineingemischt, so wäre der Kollateralschaden ein großer gewesen: Die Hälfte der anwesenden Gäste wäre der Vergiftung vermutlich erlegen.

Joe kam einfach nicht dahinter, wie man Bechstein vor seinen Augen hatte umbringen können. Und die Sache mit dem Polonium-210 war ihm genauso unverständlich. Die Wiener hatten gemeint, Bechstein könnte schon vor Wochen damit kontaminiert worden sein. Vermutlich wäre die Dosis aber erst in ein paar Monaten tödlich gewesen, wenn die Organe langsam verstrahlt gewesen wären und ihren Geist aufgegeben hätten. Bechstein wäre also auch ohne Eisenhut umgekommen, versuchte sich Joe zu beruhigen, aber es half nichts. Die Todesursache war diastolisches Herzversagen und der Grund dafür Aconitin, das stärkste Pflanzengift überhaupt, tödlich schon bei fünf Milligramm. Bechstein hatte zehn Gramm intus gehabt, gut für zwei Tode, wie ihm sein Onkel erzählt hatte, dem man in der Pathologie als Kollegen und erstbehandelndem Arzt bereitwillig Auskunft gegeben hatte. Es hatte ihm keine Ruhe gelassen, er wollte wissen, warum ihm Bechstein unter den Händen weggestorben war.

»Und weil ihr gerade so lustig zusammensitzt und der feine Herr aus Wien nicht nur ein miserabler Bodyguard, sondern anscheinend auch noch geizig ist: Bring meinen Freunden vom Stammtisch noch je eine Halbe!« Lois warf dem Kellner fünfzig Euro auf die Theke, riss die Tür auf und wankte hinaus.

»Mach dir nichts draus«, sagte Wilfried, und die anderen stimmten ihm zu.

Joe nickte. »Trotzdem muss ich jetzt los«, sagte er. »Hat mich gefreut, nach so langer Zeit wieder mit euch zu reden. Man sieht sich.« Er bezahlte und ging hinaus auf die Straße.

Es war Neumond und immer noch sehr warm. Die Sterne funkelten am wolkenlosen Nachthimmel. Nach ein paar Metern blieb Joe stehen und kickte einen Stein mit so viel Kraft von der Straße, dass er die fünf Stufen vor dem Gemeindeamt hinaufflog und gegen die grüne Blechverkleidung der Eingangstür knallte.

Lois war ein Idiot und ein Trinker noch dazu, und trotzdem hatte er recht. Bechstein war tot, und Joe war dazu bestimmt gewesen, ihn zu beschützen. Also war er in gewisser Weise für dessen Tod verantwortlich. Freilich, lebendig machen konnte er ihn nicht mehr, aber Joe wusste, dass er erst dann zur Ruhe kommen würde, wenn er herausfand, wer ihn auf dem Gewissen hatte. Es war eine Frage der Ehre.

## 4

Seit zwei Tagen war Schröck nun schon in Hallstatt, genoss den malerischen Ausblick auf den See, sah den Fischern beim Angeln in ihren Plätten zu. Die merkwürdigen Holzboote wirkten wie lange schwimmende Bauernschränke. Liefe nicht der hoch aufragende Bug spitz zusammen, hätte man sie für Möbel halten können, die jemand im See entsorgt hatte. Die unverwechselbare Bootsspitze hatte sogar einen Namen, wie Schröck sich vom Kellner beim Frühstück erklären ließ. Sie wurde Gransel oder Gansing genannt. Woher der Name stammte, konnte ihm der junge Mann aber auch nicht sagen. Plätten waren nicht so elegant wie venezianische Gondeln, aber nicht minder eigentümlich. Es gab sie in unterschiedlichen Größen. So groß sogar, dass eine ganze Musikkapelle darin Platz fand. Bis zu zwanzig Meter lang konnten sie sein, wurden dann aber Mutzen genannt. Bei den traditionellen Fronleichnamsprozessionen auf dem See setzte man sie als Altarschiffe ein. Mit den kleineren wurde gefischt, es gab sogar Plätten mit Außenbordmotoren, die sich dafür bestens eigneten. Mit diesen Booten wurden köstliche Fische wie Bachforelle, Reinanke, Saibling, Hecht, Äsche und Aalrutte aus dem See eingebracht, die, wie Schröck sich bereits überzeugt hatte, ausgezeichnet schmeckten. Das alles hatte ihm wiederum der Bootsverleiher am Pier im Ortsteil Lahn erklärt, was zwar interessant war, aber Schröck in Sachen Mord an Dr. Bechstein nicht weiterbrachte.

Der Hotelmanager hatte ihm bereitwillig Bechsteins Suite gezeigt. Seine »Gattin« sei bereits abgereist, teilte er ihm mit, was aber nach dem großen Unglück auch verständlich sei. Er verwendete tatsächlich die Worte »Gattin« und »Unglück«. Beide waren nicht die Realität. Alina Soukup war weder mit Bechstein verheiratet, noch war sein Tod ein Unglück gewesen.

Heinrich hatte Schröck das Obduktionsergebnis per Mail nachgeschickt. Schröck fand es erfrischend, dass so vieles in Hallstatt ganz anders war als zu Hause, obwohl er nur ein paar hundert Kilometer von seiner Heimat entfernt war: In den hiesigen Hotels gab es sogar freien WLAN-Zugang.

Soweit er das nach seiner kurzen Anwesenheit schon sagen konnte, war der Ort sehr auf Modernität bedacht, alles befand sich auf dem letzten Stand der Technik. Auch die Art und Weise, wie man mit den Gästen umging, war sehr professionell. Die Menschen hier waren irgendwie anders. Nett, hilfsbereit und gastfreundlich, keine Frage, aber immer, wenn er von einem oberflächlichen Geplauder auf ein konkretes Thema kommen wollte, wenn er etwa fragte, ob sich der Bootsverleiher, der Kellner oder selbst der halbwüchsige Junge, der in der kleinen Hütte, die vor dem Beinhaus als Kassenhäuschen diente, arbeitete, denken könne, warum Dr. Bechstein vergiftet worden war, erntete Schröck nur ein Schulterzucken oder ein abweisendes »Weiß ich doch nicht«.

Eigentlich war es ja Schröcks erstes Ziel gewesen, Bechsteins Bodyguard Johann Zahler zu befragen. Als er jedoch in Zahlers Firma angerufen hatte, hatte man ihn kurz und bündig mit der Antwort abgewimmelt, man sei nicht befugt, Kontaktdaten von Angestellten weiterzugeben. Es gebe diesbezüglich strikte Anweisungen, an die man sich halten müsse. Und Auskünfte am Telefon zu erteilen, komme sowieso nicht in Frage. Falls Schröck wirklich für eine Behörde tätig sei, wäre eine gerichtliche Anordnung vonnöten, aber nicht österreichischen Diensten würden ohnehin keinerlei Informationen erteilt. Das brachte Schröck zwar kein bisschen weiter, leuchtete ihm jedoch zumindest ein.

In Heinrichs Unterlagen stieß er auf Zahlers Wiener Anschrift und konnte im Internet einen Telefonanschluss ermitteln, der für diese Adresse registriert war. Ein Festnetzanschluss, das grenzte schon an ein Wunder. Die meisten Leute in Zahlers Alter hatten nur mehr Mobiltelefone, deren Nummern sich in keinem Verzeichnis fanden.

Schröck rief an. Eine junge Frau meldete sich, Zahlers Freundin, wie sich herausstellte. Sie wusste Bescheid darüber, was in Hallstatt geschehen war, und gab Schröck bereitwillig die private Handynummer ihres Lebensgefährten.

Schröck hatte Zahlers Nummer schon mindestens fünfzig Mal angerufen und war immer auf der Mailbox gelandet. Nicht einmal die Stimme des Bodyguards hatte er gehört, weil dieser als Ansage einen Default-Text gewählt hatte. Eine unpersönliche Automatenstimme leierte erst seine Nummer herunter und forderte den Anrufer dann auf, eine Nachricht zu hinterlassen. Schröck hatte keine Ahnung gehabt, wie er weiter vorgehen sollte. Dann aber, am Nachmittag des dritten Tages in Hallstatt, kam ihm der Zufall zu Hilfe.

Er war bereits Mittag, und Schröck hatte sein Hotelzimmer außer zum Frühstück noch nicht verlassen. Draußen war es wie schon in den letzten Tagen weit über dreißig Grad heiß. Schröck hatte die Klimaanlage auf zwanzig Grad heruntergedreht und den Ventilator auf Stufe drei gestellt. Sämtliche Informationen, die er von Klaus Heinrich erhalten hatte, waren auf seinem Bett ausgebreitet. Zum wiederholten Mal hatte Schröck alles durchgesehen: die Protokolle, die Aussagen von Augenzeugen und die Niederschrift des Polizisten, der als Erster vor Ort gewesen war.

Auch ihn hatte Schröck zu erreichen versucht, aber seit einer Woche waren in Oberösterreich und somit auch im Salzkammergut Schulferien. Der Revierinspektor war mitsamt seiner Familie im Urlaub in Kroatien und natürlich nicht erreichbar. Schröck reichte es. Er kam und kam einfach nicht weiter. Bis jetzt hatte er nicht den kleinsten Hinweis auf einen Täter oder irgendein ungewöhnliches Vorkommnis gefunden.

Mit einem Mal bemerkte Schröck, dass er unheimlich durstig war. Schnell sammelte er die Zettel zusammen und verstaute sie in der Aktentasche.

Ein schmaler Pfad führte am See entlang. Dort, wo die beschaulichen Häuschen mit ihren bunt bepflanzten Blumenkästen an den kleinen Holzfenstern ein wenig vorsprangen, musste Schöck immer wieder warten, weil fotografierende Touristen den Weg versperrten. Schröck war froh, als er endlich den Gastgarten erreichte, von dem man einen schönen Ausblick auf den See hatte.

Er suchte sich ein Plätzchen in einer schattigen Ecke – die meisten großen Tische waren ohnehin besetzt – und bestellte ein Glas Bier. Als die Kellnerin es brachte, nahm er es ihr gleich aus der Hand, um daraus einen Schluck zu trinken. In diesem Moment wurde er unvermittelt von hinten angestoßen, die Hälfte des Gerstensaftes ergoss sich über sein T-Shirt und die Hose. Fluchend wandte Schröck sich um und blickte in das hochrote Gesicht eines nach Luft schnappenden Mannes mittleren Alters. Anscheinend ein deutscher Tourist, der zu der Gruppe aus Radfahrern gehörte, die am Tisch hinter ihm saß. Ein Nachzügler, der sich vor Erschöpfung kaum mehr auf den Beinen halten konnte. Schröck hielt sich zurück und nickte ihm nur zu. Er hatte Angst, dem anderen würde der Kopf platzen, wenn er ihn zurechtwies.

Eine Frau, sicher schon an die achtzig, eilte mit Geschirrtüchern zu Schröck und begann, ohne lange zu fackeln, ihn trocken zu reiben. Seine Proteste ignorierte sie. »Das ist Bier. Das Leibchen und die Hose müssen Sie gleich ausziehen, sonst fängt beides arg zu stinken an«, sagte sie, nachdem sie endlich von ihm abgelassen hatte.

»Kein Problem«, sagte Schröck. »Ich wohne gleich da drüben im Hotel.«

Sie zuckte mit den Schultern, als würde sie das nicht interessieren.

»Übrigens«, sprach Schröck einer momentanen Eingebung folgend weiter, »Sie wissen nicht zufällig, wo oder wie ich Johann Zahler erreichen könnte? Das ist der Personenschützer, der dabei war, als der Mann bei der Kirche gestorben ist.«

Die Frau schaute ihn mit zusammengekniffenen Augen deutlich interessierter an als noch kurz zuvor.

»Johann Zahler soll aus der Gegend sein. Er ist eins fünfundachtzig, durchtrainiert und –«

»Jaja, ich weiß schon, wen Sie meinen«, unterbrach sie ihn. »Und?«

»Ich überlege, was ich Ihnen antworten soll«, gab die Frau zurück. »Sie sind doch nicht von der Polizei, oder?«

Schröck schüttelte den Kopf. »Nein, nicht von der hiesigen.« Er war sich nicht sicher, wie es bei der alten Frau ankommen würde, sollte er ihr erzählen, dass er für den Bundesnachrichtendienst arbeitete, also unterließ er es. »Ich soll nur ein wenig Licht in die Sache bringen«, sagte er stattdessen.

»Hm. Eigentlich geht mich das nichts an, und ich möchte dazu auch nichts sagen. Aber Sie haben ein ehrliches Gesicht, da werde ich wohl eine Ausnahme machen. Sie meinen doch den Zahler Joe, oder? Der wohnt bei seinem Großvater drüben in Winkl, wenn er ihn einmal besucht – was allerdings nur selten vorkommt. Sein Großvater und ich sind miteinander in die Schule gegangen, jetzt ist auch er nicht mehr so gut beisammen wie früher«, sagte sie, richtete sich auf und strich sich über ihre weißen, zu einem Dutt gesteckten Haare. Dann beschrieb sie Schröck den Weg und wies ihn noch einmal darauf hin, sich umzuziehen, weil sonst alles zu »miachtln« anfinge, was so viel wie stinken bedeutete.

Schröck bedankte sich bei der Frau, trank schnell den verbliebenen Rest von seinem Bier aus, bezahlte und machte sich auf den Weg zurück ins Hotel. Eine Dusche würde jetzt nicht schaden, er duftete wirklich nicht gerade nach Rosen.

## 5

Der Nachmittag war genauso geworden, wie die Wetterfrösche es im Radio vorausgesagt hatten: heiß, trocken und wolkenlos. Und gerade heute hatte sich Schröcks alter Passat dazu entschlossen, ihm nur warme Luft ins Gesicht zu blasen. Die Klimaanlage führte schon seit einiger Zeit ihr höchst launisches Eigenleben. Schröck hatte aus ein paar fruchtlosen Werkstattbesuchen und dem Abschlussstatement des stirnrunzelnden Mechanikers geschlossen, dass das Problem wohl etwas mit der Elektronik zu tun hatte. Um die Fehlerquelle aber aufdecken zu können, seien nach Meinung des Mechanikers kostspielige Tests unerlässlich. Ob sich das bei dem doch schon fortgeschrittenen Alter des Wagens überhaupt rechne, wage er zu bezweifeln. Also hatte Schröck die Hoffnung aufgegeben und sich damit abgefunden, dass sich die Kühlung nach Belieben ein- und ausschaltete. Heute war Letzteres angesagt – und blieb auch so.

Schröck schlich schon einige Zeit einem Mercedes mit deutschem Nummernschild auf der Seestraße hinterher, dessen Fahrer bei jedem potenziellen Aussichtsplatz auf die Bremse stieg, es sich dann aber wieder anders überlegte und, ohne einen Blick in den Rückspiegel zu werfen, weitertuckerte. An Überholen war wegen des dichten Gegenverkehrs nicht zu denken.

Nach ein paar Kilometern erreichte Schröck Winkl. Sein Navi lotste ihn zu einem heruntergekommenen Haus am Waldrand. Auf dem Grundstück lag allerlei Zeug herum, neben ein paar Festmetern aus aufgestapeltem Holz war das reifenlose Wrack eines vor sich hin rostenden Opel Ascona aus den Achtzigern aufgebockt. Ein hagerer, weißhaariger Mann rackerte sich mit einer Säge an einem Baumstamm ab, der auf zwei Holzschragen lag.

Schröck stellte den Wagen ab und ging zu ihm. Der Alte

hatte ihn nicht kommen sehen und drehte sich überrascht um, als Schröck ihn ansprach.

»Ganz schön heiß heute, jedenfalls zu heiß, um Holz zu machen. Mein Name ist Schröck. Sind Sie Herr Zahler?«

Der Mann starrte Schröck unverwandt an. Durch sein hageres Gesicht zogen sich unzählige Runzeln, aber unter den buschigen Brauen funkelte ein Paar sehr lebendiger Augen. Zahler nickte, sagte jedoch kein Wort.

Schröck witterte keine Feindseligkeit, sondern die Art von höflichem Desinteresse, die älteren Menschen manchmal anhaftet, weil sie keine Lust verspüren, sich mit unwichtigem Kleinkram der Jüngeren zu beschäftigen.

»Ich suche Ihren Enkel, den Johann. Wissen Sie, wo ich ihn finden kann?«

Der alte Mann schüttelte den Kopf.

»Aber er wohnt doch zurzeit bei Ihnen? Oder ist er schon nach Wien zurückgefahren?«

Bewegung kam in den Mann, der bis jetzt regungslos mit seiner Säge in der Hand dagestanden hatte. »Sind Sie von seiner Firma?«, fragte er argwöhnisch.

»Nein.«

»Von der Polizei?«

»Auch nicht«, sagte Schröck. »Aber ich müsste trotzdem wegen des Vorfalls oben beim Beinhaus mit ihm reden.«

»Mein Enkelsohn ist nicht da«, sagte der Alte nach ein paar Sekunden, als hätte er erst darüber nachdenken müssen, ob er Schröck überhaupt antworten sollte. Dann drehte er sich einfach um und fuhr damit fort, den Baumstamm zu zersägen.

»Wissen Sie vielleicht, wann er zurückkommt?«, rief Schröck, um das Geräusch des Sägens zu übertönen.

Doch der Mann wandte sich ihm nicht mehr zu, er zuckte nur mit den Schultern.

Bestenfalls könnte Schröck sich auf die Lauer legen und warten, bis der junge Zahler auftauchte, falls er das überhaupt vorhatte. Aus dem Alten würde er jedenfalls nichts mehr herausbringen. Schröck verabschiedete sich, was der alte Mann vermutlich nicht mitbekam. Er widmete sich schon wieder ungerührt seiner Arbeit.

Schröck ging zum Auto und machte sich auf den Weg zurück nach Hallstatt. Er war ratlos. Alles sprach dafür, dass der Fall vor Ort nicht zu lösen war. Die meisten Touristen waren auf Stippvisite hier, sie klapperten die Sehenswürdigkeiten ab und schossen die üblichen Fotos, nur wenige blieben länger. Wenn Bechsteins Job irgendetwas mit seinem Tod zu tun hatte, hatte sein Mörder sich ganz sicher nicht anders als die Touristen verhalten und gewartet, bis Schröck in Hallstatt auftauchte. Er würde Heinrich anrufen und versuchen, ihn davon zu überzeugen, dass sich, wenn er bliebe, die Chance auf die Aufklärung des Falles nicht sonderlich erhöhen würde, im Gegensatz zu seiner Spesenrechnung. Sollte Heinrich darauf bestehen, dass er die Ermittlungen weiterführte, dann konnte er das genauso gut von zu Hause aus tun. Es war reine Schreibtischarbeit, Bechsteins Aktivitäten zu überprüfen: Dafür müsste er telefonieren und im Internet recherchieren. Nach China, um dort Bechsteins Geschäften auf den Grund zu gehen, würde man ihn ganz sicher nicht schicken.

## 6

»Wer war der Mann, Großvater?« Joe trat aus dem Haus. Er hatte alles vom Stubenfenster aus beobachtet.

Der Alte zog die Säge aus dem Stamm, den er gerade mit ihr bearbeitete, und drehte sich um. »Woher soll ich das wissen?«

Joe Zahler hatte seine Arbeitsuniform, das weiße Hemd und den schwarzen Anzug, gegen Jeans und ein naturfarbenes Leinenhemd getauscht. Er nickte, krempelte sich die Ärmel auf und begann, die bereits abgesägten Holzstücke, die rings um die Böcke verstreut lagen, einzusammeln und vor dem Hackstock aufzuschichten.

»Und was hat er gewollt?«

»Na, mit dir reden. Von der Polizei war er jedenfalls nicht. Er war Deutscher, so wie er gesprochen hat. Vielleicht war er auch von der Zeitung. Seit der feine Herr umgekommen ist, tauchen immer mehr von diesen Reportern hier auf. Gestern habe ich sogar welche oben bei der Kirche gesehen. Sie haben dort gefilmt.« Der Alte entspannte die Zugsäge und legte sie unter die Plane, mit der die Holzstapel zugedeckt waren. »Wann fährst du eigentlich wieder zurück nach Wien?«, fragte er dann und wischte sich die Hände an seiner blauen Arbeitshose ab.

Joe warf das letzte Stück Holz auf den Stapel und schickte sich an, seinem Großvater beim Holzhacken zu helfen. »Ich bleibe noch ein bisschen da.«

»Wegen mir musst du das nicht tun, ich komme schon allein zurecht.«

Joe nickte und betrachtete den alten Mann, der mit jedem seiner Besuche ein Stück dünner zu werden schien. »Es ist nicht wegen dir. Ich muss mich noch ein wenig umschauen.«

»Wonach?« Der Großvater musterte seinen Enkel.

Joe fühlte sich wie damals, als er ihm als Zwölfjähriger hatte beichten müssen, dass er sein altes Puch-Moped genommen hatte, ohne zu fragen. Dieses knatternde Ding, mit dem der Großvater in den Ort gefahren war, wenn er nichts zu transportieren hatte und es sich nicht rechnete, mit dem Auto zu fahren. Joe war damals im Wald wie beim Motocross über Baumwurzeln gesprungen, hatte aber schon nach ein paar Metern das Gleichgewicht verloren. Das Moped hatte ihn abgeworfen, war weitergeschlittert, einen Abhang hinuntergerutscht und schließlich im Bach gelandet.

Der Großvater hatte ihn nicht einmal getadelt, als er ihm davon erzählte. Stattdessen war er wortlos in den Schuppen gegangen, hatte einen langen Strick geholt und war dann im Wald verschwunden. Am nächsten Tag stand das Moped wieder hinter dem Schuppen und sah aus wie zuvor, nur der Benzintank war etwas verbeult. Der Großvater fuhr noch viele Jahre lang damit in den Ort, er verlor nie wieder ein Wort über den Vorfall, hatte ihn weder bestraft noch ihm mit Strafe gedroht, sollte Joe das Moped wieder einmal nehmen, ohne Bescheid zu geben. Aber das war auch nicht nötig gewesen. Joe hatte ein derart schlechtes Gewissen gehabt, dass es ihm fast schon lieber gewesen wäre, der Großvater hätte ihn übers Knie gelegt. Dann hätte er wenigstens das Gefühl gehabt, für sein Vergehen bezahlt zu haben. Aber die Moped-Geschichte war schon lange her, jetzt war er ein erwachsener Mann und ganz allein für seine Fehler verantwortlich.

Joe schüttelte entschlossen den Kopf. »Großvater, ich habe auf den Bechstein aufgepasst, und trotzdem ist er ermordet worden. Die Polizisten aus Wien haben nichts ausgerichtet und sind wieder abgehauen. Ich kann und will das nicht auf mir sitzen lassen. Man macht sich schon über mich lustig. Du selbst hast gesagt, dass man für seinen Glauben einstehen soll und das wichtigste Prinzip im Leben überhaupt die Ehre ist. Ich werde mich selbst darum kümmern und mich ein wenig umhören. Vielleicht finde ich ja etwas heraus.«

»So ein Blödsinn! Gar nichts wirst du tun. Du wirst schön nach Wien zurückfahren. Der Mann ist tot und wird auch nicht wieder lebendig, selbst wenn du noch so viel herumschnüffelst.«

Joe konnte sich nicht mehr daran erinnern, wann er seinen Großvater das letzte Mal so wütend erlebt hatte. Aber diesmal würde er nicht auf ihn hören. Es ging nicht. Er kniff die Lippen zusammen, dann sagte er schließlich: »Tut mir leid, aber ich muss zumindest versuchen herauszufinden, wer dahintersteckt. Das bin ich mir selbst schuldig.«

»Wie du meinst, aber Sinn macht das keinen«, sagte der Großvater, bevor er seine pechigen Hände an einem Fetzen abwischte und zum Haus zurückging.

Und ob es Sinn macht, dachte Joe. Er würde sich diesen angeblichen Reporter näher ansehen. So wie der aufgetreten war, würde er drauf wetten, dass der Typ nie und nimmer von einer Zeitung war.

# 7

»Es tut mir leid, Eure Exzellenz.« Der schmalbrüstige Mann raffte verlegen sein langes weißes Gewand, wobei er es vermied, Zati Al-Madani direkt in die Augen zu sehen. Das schwammige Gesicht des Vertrauten des Kronprinzen war hochrot angelaufen, er war wütend. Er hatte Nabil, seinen Handlanger, der sich bereits seit knapp zwei Wochen wieder in Riad aufgehalten hatte, abermals nach Bad Ischl zurückbeordert.

Es war ein Kinderspiel gewesen, an den Obduktionsbefund von Bechsteins Leiche zu bekommen. Und seit Al-Madani wusste, welche Substanz den Mann wirklich umgebracht hatte, kreisten seine Gedanken ständig um die Frage, was da schiefgelaufen war. Der Name der Pflanze, die das Gift in sich trug, hatte ihm nichts gesagt. Angeblich war sie in der Gegend heimisch, ihr Gift wirkte binnen Stunden, wenn nicht gar Minuten. Bechsteins ungläubige Seele war viel zu früh in die Hölle gefahren. Natürlich hatte Al-Madani keinen Moment lang um ihn getrauert. Das Bedauerliche am Tod des Konsuls war nicht die Tatsache an sich, sondern einerseits dessen Zeitpunkt und andererseits, dass bereits feststand, dass der Konsul umgebracht worden war. So war das nicht geplant gewesen. Jetzt stieg die Wahrscheinlichkeit, dass jemand unangenehme Fragen stellen würde, zumal ein doppeltes Vergiften ein und derselben Person nicht gerade alltäglich war. Es war nur zu hoffen, dass Bechstein niemandem erzählt hatte, dass sie vor Kurzem noch in Verbindung gestanden hatten.

Für Al-Madani war es nach dem Tod des alten Königs bis jetzt ausgezeichnet gelaufen. Der jetzige Monarch, ein Halbbruder des alten, hatte die Thronfolge neu geordnet und erstmals in der modernen Geschichte Saudi-Arabiens ein Mitglied der dritten Generation der Königsfamilie zum Kronprinzen ernannt. Der Thronfolger in spe scharte eine

Gruppe von Beratern um sich, die ihn im Konflikt zwischen dem Iran und Saudi-Arabien unterstützen sollten. Den ehemaligen Vertrauten des alten Königs, unter ihnen auch Konsul Bechstein, ließ er ausrichten, dass ihre Dienste nicht mehr länger vonnöten waren. So war Bechsteins Beziehungen zum Königshaus, die unerlässlich für seine Geschäfte waren, gleichsam über Nacht ein Riegel vorgeschoben worden.

Daraufhin setzte der Konsul Tod und Teufel in Bewegung, um seinen nach dem Tod des alten Königs verlorenen Einfluss wiederzuerlangen. Mit mäßigem Erfolg. Dann passierte diese leidige Sache mit dem Flugzeugabsturz, und ausgerechnet Bechstein bekam Wind davon. Der Konsul wartete nicht lange, wandte sich sofort an Al-Madani und versuchte, ihn zu erpressen, weil er wusste, dass die Waffenlieferung an Bord der verunglückten Maschine jene von Al-Madani war.

Dieser ging zum Schein darauf ein und gab sich eingeschüchtert. Für ihn stand sofort fest, dass der Ungläubige wegmusste. Denn wenn der Kronprinz von seinen Machenschaften erfuhr, würde er nicht nur in Ungnade fallen, sondern mit Sicherheit auch das nächste Fest des Fastenbrechens nicht mehr erleben. Bechstein sollte langsam und elendig zugrunde gehen.

Doch nun war alles anders gekommen, und wenn die Hintergründe herauskamen, würde der Verdacht, Bechstein umgebracht zu haben, mit Sicherheit auf ihn fallen. Aber mit dieser Vorstellung wollte er sich zum gegenwärtigen Zeitpunkt nicht belasten. Al-Madani versuchte, die dunklen Gedanken zu verdrängen. Als ihn die Nachricht vom Tod des Konsuls erreicht hatte, befahl er in einem Anflug von unbändiger Wut, Nabil solle ihm nie wieder unter die Augen treten. Al-Madanis Leute mussten den Bedauernswerten noch in der Nacht nach München bringen und in das nächste Flugzeug nach Riad verfrachten. Nabil blieb nur sein nacktes Leben. Seine Konten waren binnen Stunden gesperrt, und Al-Madanis Leute würden dafür sorgen, dass er und seine Familie künftig in Armut und Schande lebten.

Nabil stellte sich auf eine schwere Zeit ein. Er hatte keine Ahnung, warum ihn Seine Exzellenz wieder zurückbeordert hatte. Er war sich keiner Schuld bewusst. Allerdings spielte es keine Rolle, ob er schuldig oder unschuldig war, über Leben und Tod entschied allein sein Boss. Nabil stand vor Al-Madanis riesigem Schreibtisch und zitterte am ganzen Leib.

Vor Al-Madani lag die Übersetzung von Bechsteins Obduktionsbefund. Auch seine Hände zitterten, aber nicht aus Angst, sondern aus Zorn. »Warum hast du das getan?«, herrschte er Nabil an.

Nabil öffnete den Mund, brachte aber nur ein heiseres Krächzen hervor. Al-Madani zog die linke Augenbraue hoch, und Nabil räusperte sich lautstark und beeilte sich zu antworten. »Herr, ich habe stets nur eine kleine Dosis der radioaktiven Substanz in das Getränk des Konsuls gemischt, so wie Ihr es mir befohlen habt. Ich habe keine Ahnung, warum er so schnell daran verstorben ist. Vielleicht war er krank?«

Al-Madani kniff skeptisch die Augen zusammen. »Du schwörst, dass du nur Polonium-210 und kein anderes Gift verwendet hast?«

»Beim Leben meiner Kinder«, erwiderte Nabil.

»Hast du einen Verdacht, wer den Deutschen umgebracht haben könnte?«

Nabil schüttelte verzweifelt den Kopf.

Al-Madani wusste genau, dass Nabil nichts mit Bechsteins jähem Ableben zu tun hatte. Wäre er darin verwickelt gewesen, hätte er ihn nicht zurückgeholt. Nabil war gut mit Messern und auch im Umgang mit der Garotte sehr geübt. Als ihm Al-Madani befohlen hatte, den Konsul langsam zu verstrahlen, war er skeptisch gewesen und hatte ihm stattdessen angeboten, den Tod Bechsteins wie einen Unfall aussehen zu lassen.

Doch Al-Madanis Plan sah vor, dass der Deutsche langsam zugrunde gehen und sein Tod wie das Ende einer schweren Erkrankung erscheinen sollte. Selbst wenn jemand Verdacht geschöpft hätte, dass Bechsteins tödliche Krankheit auf radioaktive Strahlung zurückzuführen war, wäre die Vermutung nahegelegen, dass der Konsul während des Golfkrieges oder bei seiner Tätigkeit in China mit verstrahltem Material in Kontakt gekommen war. Dies wäre auch deshalb eine verständliche Erklärung gewesen, weil sich hinter der biederen Fassade des ehrbaren Honorarkonsuls ein sehr erfolgreicher Waffenlobbyist verbarg. Bei Bechsteins Strahlenerkrankung hätte es sich also ohne Weiteres um eine Art Arbeitsunfall handeln können. Das Polonium-210 hätte man, wären bis zur Untersuchung der Leiche ein paar Wochen verstrichen gewesen, nicht mehr eindeutig nachweisen können. So lange hätte Al-Madani den Konsul hingehalten. Zudem hätte Bechstein, wären erst seine Organe angegriffen gewesen, ganz andere Sorgen gehabt, als sich an den Kronprinzen zu wenden und sich mit seinem Wissen um den leidigen Flugzeugabsturz die Gunst desselben zu erkaufen.

»Ich habe eine Aufgabe für dich«, sagte Al-Madani nun zu dem vor ihm Stehenden.

»Herr, ich werde alles –«

Al-Madani brachte ihn mit einer Handbewegung zum Schweigen. »Ich weiß nun, dass du keine Schuld am jähen Tod des Ungläubigen trägst. Er wurde von einer anderen Person vergiftet. Du wirst dich für mich ein wenig im Umfeld des Toten umhören. Tu alles, was nötig ist, um Informationen zu sammeln, halte dich aber stets im Hintergrund. Meine Assistentin wird dich mit den nötigen Mitteln versorgen. Du berichtest mir sofort, wenn du etwas erfährst, was Aufschluss über den Täter geben könnte. Verstehen wir uns?«

Nabil nickte.

»Dann geh jetzt und enttäusche mich nicht.«

## 8

Gegen Mittag schob Schröck die Vorhänge zur Seite und warf einen Blick aus dem Fenster. Der Himmel über dem Hallstätter See war wolkenverhangen. Kein Wunder, dass er so lange geschlafen hatte, es schüttete wie aus Kübeln. Besser, an so einem Tag im Bett zu bleiben, als einer sinnlosen Ermittlung hinterherzulaufen. Er angelte sich das Mobiltelefon vom Nachtkästchen und drückte die Kurzwahltaste für Silvias Nummer. Nach ein paar Freizeichen landete er auf ihrer Mobilbox – Schröck hasste Mobilboxen. Er stammelte ein paar Worte, wünschte ihr einen guten Tag und trennte die Verbindung wieder. Dann rief er Liba an. Sie war so schnell dran, als hätte sie direkt vor dem Telefon gesessen und auf seinen Anruf gewartet. Er erkundigte sich nach ihrem Befinden und danach, ob im Haus alles in Ordnung sei. Wenn er mit seiner Haushälterin telefonierte, hatte er stets den Eindruck, dass sie die geografische Distanz zu ihrem Gesprächspartner auch ohne Zuhilfenahme technischer Hilfsmittel überwinden könnte, so laut war ihre Stimme. Doch heute sprach Liba ungewohnt leise.

»Was ist los, ist irgendetwas nicht in Ordnung?«, fragte Schröck.

»Ich kann jetzt nicht reden«, flüsterte Liba.

Schröck bekam ein mulmiges Gefühl. Wenn Liba etwas daran hindern konnte, so zu reden, wie sie wollte, musste wirklich etwas geschehen sein.

»Fräulein Silvia ist da«, sagte sie nach einer längeren Pause.

»Das ist doch gut, ich habe eben versucht, sie anzurufen. Dann reichen Sie den Hörer bitte weiter.«

»Ich weiß nicht«, stotterte Liba. »Ich glaube, sie will nicht mit Ihnen sprechen.«

Bevor Schröck nachfragen konnte, was das Theater eigentlich sollte, meldete sich Silvia.

»Hallo, Michael.«

»Hallo, Silvia. Was ist denn los?«

»Ich hole meine Sachen ab.« Ihre Stimme klang kalt, beherrscht und dennoch so, als würde sie gleich in Tränen ausbrechen.

»Wieso? Ich meine, fährst du weg?«

»Michael, ich wollte dir das eigentlich nicht am Telefon sagen. Wenn du irgendwann mal wieder in München bist, sprechen wir darüber, aber –«

»Du verlässt mich?«, unterbrach sie Schröck.

»Ja, Michael. Du bist nie da, und ich –«

»Verstehe. Gibt es jemand anderen?«

»Das auch, aber das ist es nicht.«

»Klar, das ist es nie.«

»Ich wollte wirklich nicht am Telefon –«

»Ich melde mich bei dir, wenn ich zurück bin.« Schröck trennte die Verbindung. Nachdem er zwanzig Minuten lang reglos auf dem Rücken gelegen hatte, ging er zum Pinkeln ins Bad und spritzte sich anschließend kaltes Wasser ins Gesicht.

Man sagt, dass der Polizeidienst die Ehen ruiniert. Manchmal sind es die langen Nächte voller Arbeit, manchmal der Alkohol, den man braucht, um den Job wenigstens kurz zu vergessen, aber viel öfter noch ist es der dicke Panzer, den man sich über die Jahre zulegt, um bei dem, was man tagtäglich zu Gesicht bekommt, nicht gänzlich vor die Hunde zu gehen. Daran zerbrechen Partnerschaften.

Bei Schröck lag die Sache anders. Silvia und er hatten sich kennengelernt, als Schröck noch bei der Münchner Polizei gearbeitet hatte, am Tatort sozusagen. In ihrem weißen Forensiker-Outfit war sie ihm sofort aufgefallen. Schröck hätte es jedoch unpassend gefunden, sie im Dienst anzusprechen, die Initiative war damals von ihr ausgegangen. Am Anfang, solange er nicht für den Bundesnachrichtendienst gearbeitet hatte, war alles gut gewesen. Und trotzdem war es nur mehr eine Frage der Zeit gewesen. Frauen wünschten sich keine Handlungsreisenden in Sachen Verbrechen und schon gar keine, die nicht einmal darüber sprechen durften, wo sie sich gerade aufhielten, und die zu jeder passenden oder unpassenden Zeit von zu Hause abberufen werden konnten. Schröck vermutete, dass er den Job auch deshalb angenommen hatte, weil er nie das Gefühl hatte, dass Silvia ihn in ihr eigenes Leben ließ oder jemals lassen würde.

Jetzt hatte sie ihre Beziehung für beendet erklärt und damit eigentlich nur ausgesprochen, was schon seit geraumer Zeit im Raum stand. Schröck war verwirrt, wusste nicht, wie er mit dem seltsamen Gefühl, das ihn gefangen nahm, umgehen sollte: eine Mischung aus Trauer und Erleichterung.

Er schlüpfte in die Schuhe, sammelte Brieftasche, Handy und Zimmerschlüssel ein und ging zur Rezeption hinunter. Bei der Frau am Empfang erkundigte er sich, ob Alina Soukup, die Lebensgefährtin des verstorbenen Dr. Bechstein, eine Adresse hinterlassen habe. Schröck machte sich nicht viel Hoffnung. Wer deponierte heutzutage noch seine Adresse in dem Hotel, wo er zuvor abgestiegen war? Alina Soukup konnte überall sein. Vielleicht schon in China, wo sie mit Bechstein gewohnt hatte, um dort ihre Angelegenheiten zu ordnen.

Die junge Rezeptionistin schaute ihn prüfend an. »Sind Sie von der Zeitung?«, fragte sie vorsichtig.

»Nein, ganz und gar nicht.« Er holte seinen Dienstausweis aus der Jacke und hoffte, sie damit zu beeindrucken. Denn mehr als der Wert eines Stücks Papier war dieser Ausweis in Österreich nicht wert. »Ich ermittle im Fall Bechstein«, sagte er freundlich, »und wäre Ihnen sehr verbunden, wenn Sie mir einen Tipp geben könnten, wo Frau Soukup zu finden ist.«

»Wenn das so ist …« Sie beugte sich verschwörerisch Schröck entgegen. »Eine Freundin hat sie abgeholt. Sie besitzt ein Haus drüben in Obertraun und ist Eigentümerin einer bekannten Trachtenmodenkette in Salzburg. Versuchen Sie es bei ihr. Ich habe gehört, wie sie zu Frau Soukup gesagt hat, dass sie sich ein paar Tage bei ihr erholen soll.«

Schröck bat sie, ihm den Namen der Frau aufzuschreiben,

aber die junge Frau ließ sich nicht bremsen: Sie suchte ihm sogar die Adresse und Telefonnummer von Alina Soukups Freundin aus dem Internet heraus, schrieb alles auf einen Zettel und schob ihn über den Tresen.

Schröck bedankte sich, bemüht, dabei ein möglichst amtliches Gesicht zu machen, und verließ das Hotel.

Der Regen hatte aufgehört, und der Platz vor der evangelischen Kirche war bereits wieder voller Touristen. Das übliche Bild: Sie machten Fotos oder schauten den Ausflugsbooten zu, wie sie die Anlegestelle in Hallstatt-Lahn ansteuerten.

Schröck wollte das Gespräch mit Alina Soukup so schnell wie möglich hinter sich bringen, wenngleich er sich nicht viel davon versprach. Dem Polizeiprotokoll hatte er entnommen, dass Bechstein sie nicht in seine Geschäfte miteinbezogen hatte, sie sich aber auch nicht dafür interessiert hätte. Ihre wenigen gemeinsamen Freunde, die in Österreich und Deutschland lebten, stammten aus der sogenannten besseren Gesellschaft und kamen vermutlich nicht als Täter in Frage. Dafür sprach auch, dass Alina Soukup und Konsul Bechstein die meiste Zeit des Jahres in China verbracht hatten und der Kontakt zu den hiesigen Bekannten eher ein lockerer gewesen war.

Schröck setzte sich auf eine Bank vor dem Hotel und wählte die Nummer, die ihm die Rezeptionistin aufgeschrieben hatte. Es meldete sich eine Hausangestellte. Zuerst wollte sie ihn abwimmeln, holte aber, als Schröck den BND-Agenten heraushängen ließ, doch die Hausherrin ans Telefon. Auch bei ihr hatte er unerwartetes Glück, weil sie, wie er am Sächseln der Frau erkannte, gebürtige Deutsche war und sich offenbar sehr wohl davon beeindrucken ließ, dass Schröck Mitarbeiter einer Bundesbehörde ihres Heimatlandes war. Alina Soukup sei bei ihr, das sei richtig, sagte sie. Aber der Tod ihres Lebensgefährten habe sie ziemlich mitgenommen. Sie wisse nicht, ob sie für eine Befragung zur Verfügung stehe.

Plötzlich hörte Schröck im Hintergrund undeutlich eine ebenfalls weibliche Stimme, gleich darauf war Alina Soukup am Telefon, und er sagte noch einmal sein Sprüchlein auf.

Sie klang ruhig und gefasst und bot ihm an, sich gegen achtzehn Uhr in einem Kaffeehaus mit ihm zu treffen. Sie habe in Bad Ischl zu tun und werde auf dem Rückweg über Hallstatt fahren.

Er sagte, dass er das Café zwar nicht kenne, aber schon finden werde. Dann bedankte er sich und trennte die Verbindung.

Ein paar Minuten blieb er noch vor dem Hotel sitzen. Die Sonne schob sich durch die Wolken, der Asphalt dampfte, und Schröck dachte an Schönbergmoos und an Silvia.

## 9

Sie betrat den Gastgarten, schaute sich kurz um, steuerte dann aber gezielt auf seinen Tisch zu und sprach ihn an. Schröck war verwundert, hatte sie ihn doch noch nie zuvor gesehen.

Alina Soukups Haut war bleich, ja beinahe durchsichtig. Ihr schulterlanges blondes Haar erinnerte Schröck an das Engelshaar, mit dem in seiner Jugend die Christbäume geschmückt gewesen waren. Sie trug eine leichte Bluse, unter der ein schwarzer BH durchschimmerte, einen hellen Wickelrock und hochhackige Schuhe, die sie gut zehn Zentimeter größer wirken ließen. »Herr Schröck?«

Er nickte.

»Alina Soukup.«

Schröck erhob sich, und sie reichte ihm die Hand zum Gruß. Nach dem heftigen Regen war es wieder sommerlich schwül geworden, ihre Hand fühlte sich kühl, trocken und angenehm an. Er bedeutete ihr, sich zu setzen, und winkte die Kellnerin heran.

Schröck hätte sie als Stilles-Wasser-Trinkerin eingeschätzt, aber Alina Soukup bestellte ein kleines Bier.

Sie prostete Schröck zu und trank einen großen Schluck. »Also, was wollen Sie wissen?«, fragte sie ohne Umschweife.

Schröck fielen nicht immer gleich die richtigen Worte ein. Auch wenn jemand von ihm verlangte, jemandes Verhalten in einer bestimmten Situation zu beschreiben und dann sein Urteil darüber abzugeben, hatte er mitunter Probleme. Als Ausgleich besaß er so etwas wie Antennen, die ihm halfen, ein Gefühl für ein Gespräch oder eine Situation zu entwickeln. Und das, was er gerade spürte, legte die Vermutung nahe, dass nur wenig an Alina Soukups Verhalten echt war.

Zwar machte sie ein trauriges Gesicht, aber sie *machte* es eben, noch dazu relativ schlecht. Selbst wenig talentierte Schauspielerinnen hätten eine solche Darbietung zustande gebracht. Ihre Augen waren rot gerändert, als hätte sie eben noch geweint. Doch Schröck war nicht entgangen, dass sie Kontaktlinsen trug. Wann immer sie ihn direkt anschaute, riss sie ihre Augen unnatürlich weit auf, wobei man die Linsen erkennen konnte, bevor sie den Blick träumerisch in die Ferne schweifen ließ, was Schröck fast schon belustigte. Die Rötung konnte also genauso gut von den Kontaktlinsen oder auch von einer Reizung der Bindehaut stammen und nicht von der Trauer um ihren Lebensgefährten.

»Ich danke Ihnen, dass Sie sich Zeit für mich nehmen«, begann Schröck.

Sie nickte ihm huldvoll zu.

»Man hat mich hergeschickt, um im Fall des Ablebens … ich meine, um die Todesumstände von Herrn Konsul Bechstein zu ermitteln.« Die Frau verwirrte ihn. Sie schaute ihm schon wieder direkt in die Augen, mit keinem anzüglichen, eher einem verschleierten Blick, der sich ihm in der nächsten Sekunde von selbst erklärte.

»Er ist in eine andere Ebene aufgestiegen«, sagte sie. »Es ist eine Schande, was geschehen ist.«

Er nickte.

»Sie müssen wissen, Herr Schröck, dass wir Buddhisten an Karma glauben, an das Gesetz von Ursache und Wirkung.«

Tja, daran glaube ich auch, dachte Schröck. Jedenfalls hatte er das vor Ewigkeiten im Physikunterricht gelernt.

»Heilsame Handlungen erzeugen Freude und Glück, unheilvolle Handlungen hingegen Leid. Karma bedeutet nicht im christlichen Sinne Schuld und Sühne, sondern dass jede Verfehlung auf den Verursacher zurückfällt. Jede Handlung beeinflusst das Leben und somit auch das eigene Karma.«

»Hm«, erwiderte Schröck, dem nicht entgangen war, dass sie sich von dem kurzen Telefonat, das er mit ihr geführt hatte, sogar seinen Namen gemerkt hatte. Entweder war sie ein äußerst aufmerksamer Mensch, oder sie hatte etwas zu verbergen und war deshalb überdurchschnittlich konzentriert. »Wie darf ich das verstehen? Wollen Sie mir damit sagen, dass den Täter die gerechte Strafe ereilen wird, ungeachtet meiner Ermittlungen? Oder dass Dr. Bechstein nicht grundlos ermordet wurde, weil er Schuld auf sich geladen hatte?«

»Keines von beidem«, sagte sie und schaute ihn dabei so treuherzig an wie sein Hauskater, wenn er ihm wieder einmal eine tote Maus auf die Türschwelle gelegt hatte. »Wir denken im Sowohl-als-auch-Modus.«

»Okay«, sagte Schröck gedehnt und bemühte sich, nicht »Aber jetzt Spaß beiseite« zu sagen. »Dann darf ich Sie also ganz konkret fragen: Kennen Sie jemanden, der ein Motiv gehabt haben könnte, Dr. Bechstein zu ermorden?«

Sie nickte artig wie ein Schulmädchen. »Es gibt sicher viele, die nicht mit allem, was Gottlieb getan hat, einverstanden waren.«

»Und was zum Beispiel wäre das?«

»Nun, er hat sich mit gefährlichen Leuten eingelassen.«

»Als Honorarkonsul in China, meinen Sie?«

»Aber nein«, sie lachte auf, »nicht doch. Die Position wollte er sowieso nur mehr ein paar Monate besetzen. Dann wären wir aus China weggegangen. Er wollte sich hier niederlassen. Ist ein schönes Fleckchen Erde, finden Sie nicht?«

»Schon. Sie wollen also sagen, er wollte im Salzkammergut sesshaft werden?«

»Ja. Gleich da drüben.« Sie deutete Richtung Lahn. »Da hat er zwei große Grundstücke gekauft.«

»Sehr interessant. Aber kommen wir zurück zu den Leuten, die Sie erwähnt haben. Zu denen, die ihm nach dem Leben getrachtet haben könnten.«

»Ich kann mir vorstellen, dass der eine oder andere von Gottliebs Geschäftspartnern dafür verantwortlich ist. Unter ihnen sind ziemlich seltsame Leute. Aber was soll man von Menschen, die mit Waffen handeln, auch anderes erwarten?«

»Wollen Sie damit andeuten, dass Dr. Bechstein mit Waffen gehandelt hat?«

»Natürlich nicht!«, sagte sie entrüstet und so laut, dass einer der rotgesichtigen Radwanderer, die am Tisch neben ihnen saßen, zusammenzuckte. Alina Soukup schenkte dem Mann schnell ein bezauberndes Lächeln und wurde dann ernst. Ihr verträumter Blick war augenblicklich erloschen. »Gottlieb war Lobbyist und hat in dieser Funktion Waffengeschäfte vermittelt. Da kann es schon passieren, dass man sich Feinde macht.«

»In China?«, fragte Schröck erstaunt.

»Aber nein, wo denken Sie hin? Er hatte so seine Kontakte, die er sich seinerzeit während des Golfkriegs aufgebaut hat.«

»Als er in den Neunzigern fürs Auswärtige Amt gearbeitet hat?«

Sie nickte. »Seine guten Beziehungen reichten bis ins saudi-arabische Königshaus. Nach König Abdullahs Tod war es damit vorbei, aber vor ein paar Monaten hat er mir erzählt, dass seine Geschäfte mit den Saudis bald wieder florieren würden, weil er auf etwas gestoßen sei, das ihm ganz sicher den Weg ebnete.«

»Was das war, hat er Ihnen aber nicht gesagt, nicht wahr?«

Alina Soukup verschränkte die Arme vor der Brust und schaute ihn trotzig an. »In letzter Zeit haben wir nicht mehr sehr viel miteinander gesprochen.«

Schröck bemühte sich, ein interessiertes Gesicht zu machen. »Wieso?«

»Na ja, er war viel unterwegs, und ich habe mich währenddessen anderweitig beschäftigt. Mit überaus interessanten Dingen übrigens.«

»Aha?«

»Ich habe begonnen, mich nicht nur mit dem Buddhismus im Allgemeinen zu befassen, sondern auch mit TCM.«

Schröck schaute sie erwartungsvoll an. TCM stand für ihn für die Produkte einer riesigen Kaffeehandelskette, die vermutlich die meiste Kohle mit dem Verkauf anderer Waren machte als mit den anregenden Bohnen – etwa mit allerlei technischen Geräten und Sportklamotten.

Alina Soukup verdrehte die Augen. Ihr Gegenüber vermittelte ihr den Eindruck, keine Ahnung zu haben, wovon sie sprach. »Das Kürzel steht für Traditionelle Chinesische Medizin.«

»Natürlich«, beeilte sich Schröck zu sagen. »Ist das so etwas wie Homöopathie?«

»Wir wenden Akupunktur und -pressur an, aber auch natürliche pflanzliche Stoffe, die wir für die Zubereitung von Tees nutzen. Die Dekokte werden mit heißem Wasser aufgegossen und wirken äußerst heilend auf den menschlichen Organismus.«

»Sie kennen sich also mit Heilpflanzen aus?«, fragte Schröck, hellhörig geworden.

»Das muss ich doch, wenn ich TCM studiere«, gab sie schulterzuckend zurück.

»Haben Sie Herrn Dr. Bechstein auch mit Auszügen – wie soll ich sagen? – behandelt?«

Sie schüttelte den Kopf. »Nein, Gottlieb hat sich verweigert. So wie er sich in letzter Zeit allem verweigert hat, was von mir gekommen ist.«

»Ich will nicht indiskret erscheinen, aber glauben Sie, dass es eine andere Frau gab?«

Alina Soukup zuckte mit den Schultern. »Das weiß ich nicht«, sagte sie knapp. »Und selbst wenn, jetzt wartet er auf seine Reinkarnation und hat die Gelegenheit, all seine Fehler wiedergutzumachen.«

Schröck grinste. Ihrer Reaktion nach zu urteilen, war sie sich sicher, dass Bechstein eine Geliebte gehabt hatte. Er war mit Eisenhut vergiftet worden, einer Pflanze, aber Alina Soukup vermittelte ihm nicht gerade das Bild einer kaltblütigen Giftmörderin. Das Polonium, das man bei der Obduktion nachgewiesen hatte, ließ sich mit Bechsteins Geschäften, die sie gerade bestätigt hatte, in Verbindung bringen. Aber an der Strahlenvergiftung war er nicht gestorben. Es war zum Aus-der-Haut-Fahren!

Und selbst, wenn Alina Soukup wirklich etwas mit dem Tod des Konsuls zu tun hatte, hätte er bisher kaum Beweise dafür. Es wäre lächerlich, jemanden vor Gericht zu zerren, nur weil er Kräutertees zubereitete.

»Jetzt habe ich aber genug über mich geredet«, sagte Alina Soukup unvermittelt. »Erzählen Sie mal ein wenig über sich. Sind Sie verheiratet?«

# 10

Die Hügel am anderen Ufer des fjordähnlichen Sees spiegelten sich im ruhigen Wasser, das grün und unergründlich schimmerte. Nach dem Gespräch mit Alina Soukup hatte Schröck eigentlich Klaus Heinrich anrufen und ihn von der Aussichtslosigkeit seiner Ermittlungen vor Ort informieren wollen. Er wollte ihm raten, jemanden aus dem diplomatischen Umfeld der Firma auf den Fall anzusetzen, um sich Klarheit über Bechsteins lukrative Beratertätigkeit zu verschaffen. Wenn es denn noch immer gewünscht wurde, dass der BND die Aufklärungsarbeit leistete. Gleichzeitig sollte man den Österreichern vielleicht den Tipp zukommen lassen, dass Bechsteins Lebensgefährtin und begeisterte TCM-Pflanzenmischerin aus rein persönlichen Gründen den Eintritt ihres eventuell treulosen Partners in den Reinkarnationszyklus beschleunigt haben könnte.

Plötzlich musste Schröck an die Sache mit Silvia denken und daran, dass man es ihr eigentlich nicht übel nehmen konnte, dass sie ihn verlassen hatte. Sie hatten in den letzten drei Jahren wirklich nicht sehr viel Zeit miteinander verbracht. Sogar ihren ersten lang geplanten gemeinsamen Urlaub hatte Schröck abgesagt, weil er einen Auslandsauftrag übernommen hatte. Natürlich hätte er ihn ablehnen können, aber nach den vielen Jahren, die er mit Routinearbeit als Hauptkommissar bei der Münchner Polizei verbracht hatte, war er mehr als scharf auf den neuen Job gewesen. Schärfer als auf einen Urlaub mit seiner Freundin. Im weitesten Sinn war also der BND schuld daran, dass die Beziehung mit Silvia nicht funktioniert hatte.

Nachdem er mehrmals sein Handy in die Hand genommen und wieder weggelegt hatte und auch die Idee, Heinrich eine E-Mail zu schreiben, postwendend verworfen hatte, beschloss Schröck, ein paar Urlaubstage auf Kosten des Bundesnachrichtendienstes im traumhaft schönen Salzkammergut zu verbringen. Er hatte es wirklich nötig. Den Orten Obertraun, Bad Goisern und Gosau würde er später einen Besuch abstatten, wenn er sich ein Bild von der Umgebung gemacht hatte, doch zuerst wollte er aufs Wasser, wo es hoffentlich kühler war als an Land. Jetzt, um halb elf Uhr vormittags, hatte es im Schatten schon gute achtundzwanzig Grad. An der Rezeption seines Hotels besorgte er sich eine Karte der Gegend.

Schröck hatte den schmucken Ausflugsschiffen schon vom Friedhof neben dem Beinhaus aus zugesehen, von dort, wo Dr. Bechstein gestorben war. Die weißen Boote zogen sanfte Linien durch den See, von seinem erhöhten Standort aus schien es, als glitten sie lautlos über die glänzende Fläche. Die »FGS Hallstatt«, ein stattliches Schiff mit einer Länge von fast dreißig Metern, das hundertneunzig Personen aufnehmen konnte, sollte um elf Uhr unmittelbar vor seinem Hotel ablegen. Schröck kaufte ein Ticket für die »Große Runde«, eine Panoramafahrt über den See, die fast eineinhalb Stunden dauerte, und wartete im Schatten.

Vor dem Anleger hatten sich schon einige Touristen versammelt, die nur widerwillig zur Seite wichen, als eine schwarze Limousine auf dem Platz vorfuhr. Der Chauffeur öffnete die Tür, und ein für die Hitze in Anzug und mit Krawatte völlig unpassend gekleideter Mann um die sechzig entstieg dem Wagen. Eine gut aussehende Frau, vielleicht ein paar Jahre jünger als Schröck selbst, folgte in einem leichten Sommerkleid und begann sofort in der Art einer Reiseführerin, begleitet von erklärenden Gesten, dem Mann die Umgebung zu zeigen. Schröck konnte hören, dass sie Englisch sprach. Der Mann wirkte interessiert, schien aber unter der Hitze zu leiden. Von Zeit zu Zeit nickte er und wischte sich mit einem großen Stofftaschentuch den Schweiß von der Stirn.

Die Frau deutete in Schröcks Richtung. Offenbar schlug sie ihrem Begleiter vor, den Schatten aufzusuchen. Er nickte, und beide bewegten sich auf Schröck zu, während die Frau sich in weiteren Ausführungen erging. Auf dem Anzug ihres Gastes zeichneten sich in Achselnähe bereits dunkle Schweißflecken ab. Schröck kümmerte sich nicht weiter um die zwei, bis ihn das Gefühl überkam, die Frau würde immer wieder zu ihm herüberschauen. Als er sie einmal dabei ertappte, verweilte ihr Blick länger auf ihm, als es ihm geboten schien.

Ein paar Minuten später glitt die »FGS Hallstatt« auf den Steg zu, ihr Motor brummte kurz auf, dann vollführte sie eine langsame Drehung, bevor sie stillstand. Sodann setzte sich der Tross der Wartenden in Bewegung.

Das Oberdeck füllte sich mit Passagieren, die von einem jungen Mann in das klimatisierte Unterdeck gelotst wurden, weil draußen nur maximal siebzig Personen erlaubt waren. Schröck schlüpfte schnell an einer korpulenten Frau vorbei, die sich anschickte, die schmale Treppe hinaufzusteigen, und ergatterte noch einen der letzten freien Plätze nahe der Reling. Als er sich umsah, bemerkte er, dass er sich neben die Frau von gerade eben gesetzt hatte. Sie war allein. Ihre Begleitung hatte sich vermutlich ins klimatisierte Innere des Ausflugsschiffes zurückgezogen.

Schröck machte ein verdutztes Gesicht und sagte verlegen: »Hallo.«

Sie lächelte ihn an, antwortete mit »Grüß Gott«.

Unvermittelt spürte Schröck, wie ihm noch ein gutes Stück heißer wurde.

## 11

Joe warf einen Blick auf das Display seines Navis, stieg aus, wartete ein paar vorbeifahrende Autos ab und lief auf die gegenüberliegende Straßenseite.

Vor ein paar Tagen hatten sie sich hier zufällig wiedergetroffen. Christian war damit beschäftigt gewesen, den Rasen vor dem Anwesen seines Bosses zu mähen, während Joe Dr. Bechstein bis zur Eingangstür der Villa begleitet hatte. Der Konsul hatte ihn angewiesen, vor dem Haus zu warten. Es würde nicht lange dauern, hatte er gemeint, aber am Ende war es doch eine gute Stunde geworden.

Christian Gschwandtner hatte ihn nicht sofort erkannt und außerdem damit zu tun gehabt, den Benzinmäher durch die Reihen der großen Buchsbaumkugeln zu manövrieren. Joe, der ohnehin warten musste, schlenderte zu ihm hinüber. Insgeheim musste er schmunzeln, als ihn der gleichaltrige Gschwandtner mit einer beinahe ehrfürchtigen Verbeugung begrüßte, eine der Art, die Eltern aus der Gegend noch in den Neunzigern ihren Kindern beibrachten und die damals zum klassischen Repertoire der Höflichkeitsetikette gehörte. Gschwandtner brüllte dabei, den Motor übertönend: »Grüß Gott!«, woraufhin Joe ihm bedeutete, den Mäher abzustellen. Gschwandtner kam der Aufforderung sogleich nach, und als er dann noch radebrechend auf Hochdeutsch nachfragte, womit er dem Herrn behilflich sein könne, konnte Joe ein lautes Lachen nicht mehr unterdrücken.

»Du bist vielleicht ein Depp, erkennst du mich denn nicht mehr?«, wieherte er.

Erst schüttelte Gschwandtner den Kopf, aber dann huschte ein Leuchten der Erkenntnis über sein Gesicht. »Das gibt's doch nicht!«, rief er und starrte Joe ungläubig an. »Der Zahler Joe! Du hast ja gar keine Haare mehr. Was machst du da? Ist jemand bei euch gestorben? Wegen des schwarzen Anzugs, meine ich.«

Schließlich konnte ihn Joe davon überzeugen, dass sich sein Großvater noch immer bester Gesundheit erfreute, der Anzug, den er trug, gleichsam seine Arbeitskleidung darstellte und auch seine Glatze etwas mit seinem Beruf als Personenschützer zu tun hatte.

Christian Gschwandtner war ein herzensguter Mensch, aber ein wenig schwer von Begriff. Vielleicht hatte er sich auch deshalb schon seit seiner frühen Jugend mehr auf den Sport als aufs Lernen konzentriert. Er war ein passabler Leichtathlet gewesen und ein noch besserer Skifahrer, war kurzzeitig sogar Teil des Ski-Alpin-Herren-B-Kaders gewesen und hatte nach Beendigung seiner aktiven Karriere eine Ausbildung zum Skilehrer absolviert – wobei er in den Fächern Geschichte des Skisports und Österreichischer Skischulen-Tourismus beinahe durchgefallen wäre, weil ihm das Auswendiglernen große Schwierigkeiten bereitete. Aufgrund seines Geschicks bei der Vermittlung der Kunst des Skifahrens sowie seines freundlichen und überaus geduldigen Wesens drückte man bei den Prüfungen in beiden Lernfächern jedoch mehr als ein Auge zu, sodass er in der Folge zu einem der beliebtesten Skilehrer der Gosau-Dachstein-Skischule avancieren konnte. Vor allem die weiblichen Kursteilnehmerinnen waren begeistert von dem durchtrainierten jungen Mann, dessen verlegenes Lächeln ein wenig an das eines bekannten Hollywoodschauspielers erinnerte. Im Winter verdiente Gschwandtner ziemlich gut. Zum normalen Gehalt kamen noch die exorbitant hohen Trinkgelder, die ihm die Gäste, die aus aller Herren Länder ins Salzkammergut zum Skifahren kamen, am Ende ihres Kurses zusteckten. Er hätte es sich gut und gerne wie so mancher seiner Kollegen leisten können, den Sommer über Urlaub zu machen oder wenigstens ein oder zwei Monate nicht zu arbeiten, hätte er nicht unleugbar mindestens drei uneheliche Kinder gezeugt, für die er einen Großteil seines Gehalts zum Ersten jeden Monats als Alimente nach Holland und Deutschland überweisen musste.

Ein besonderer Glücksfall war es gewesen, dass Zati Al-

Madanis fünfzehnjährige Tochter einen Kurs bei Gschwandtner belegt und sich Hals über Kopf in ihn verliebt hatte. Eines Abends hatte sie ihm auf der Hütte ihre Gefühle gestanden. Der etwas naive, aber grundehrliche Mann hatte das Mädchen darüber aufgeklärt, dass er im Laufe seines Arbeitslebens erkannt habe, dass es nicht gut sei, sich mit Schülerinnen einzulassen. Er habe sein Lehrgeld bezahlt, bezahle es sogar immer noch und müsse wegen seiner moralischen Verfehlungen sogar jedes Mal aufs Neue zittern, dass er im Sommer einen gut bezahlten Job bekäme. Im Übrigen gefalle sie ihm schon, aber, wie gesagt, da fahre die Skiraupe drüber, er müsse und wolle sich kasteien.

Al-Madanis Tochter war gerührt und nur noch verliebter als schon zuvor gewesen. Sie bekniete ihren Vater so lange, bis er Christian Gschwandtner schließlich als »Mädchen für alles« einstellte, was er in der Folge nicht bereuen sollte. Gschwandtner arbeitete den ganzen Tag über wie ein Tier, mähte den Rasen – Al-Madanis Anwesen war nicht gerade klein –, schnitt die Hecken, hackte Holz und kümmerte sich um die Autos und darum, dass im Haus alles in Schuss war. Am Abend spielte er im Dorfwirtshaus manchmal Gitarre, und Kellnerin Edith, die sich als seine Freundin bezeichnete, schwor, dass die Stimme von ihrem Christian so klänge wie die vom Hansi aus Tirol.

An dem Tag, als Joe auf Dr. Bechstein gewartet hatte, hatte Gschwandtner erwähnt, dass in Al-Madanis Villa regelmäßig Gäste abstiegen. Alle Nationen seien vertreten. Deshalb müsse er oft besonderen Wein, Whiskey oder heimischen Schnaps besorgen, Spezereien, die man manchmal nicht einmal in Ischl zu kaufen bekam.

Worum es denn bei den Besuchen gehe, fragte Joe ihn. Nicht so sehr aus echtem Interesse, sondern eher, um Gschwandtner Gelegenheit zu geben, ein wenig mit seiner Anstellung bei einem bedeutenden Mann anzugeben. Aber Gschwandtner zwinkerte ihm nur zu und meinte, darüber dürfe er nicht reden, es sei aber etwas ziemlich Gefährliches. Er wisse bestimmt, was er meine.

Doch Joe hatte es nicht gewusst, und es hatte ihn zu diesem

Zeitpunkt auch nicht besonders interessiert. Erst nach Bechsteins Tod hatte er sich wieder an ihre Begegnung erinnert, die ihm als guter Einstieg in seine Ermittlungen erschien.

Heute war Gschwandtner nicht beim Rasenmähen, sondern dabei, Al-Madanis große deutsche Limousine einzuschäumen. Joe hob die Hand zum Gruß, und Gschwandtner nickte ihm zu. Als Joe ein paar Minuten gewartet hatte, ohne dass Gschwandtner Anstalten gemacht hätte, seine Arbeit zu unterbrechen, drehte er kurzerhand den Wasserhahn zu.

»He, ich muss den Wagen fertig waschen, der wird gebraucht. Was willst du?«

»Ich muss dich etwas fragen«, sagte Joe und klopfte Gschwandtner jovial auf die Schulter.

»Dann raus mit der Sprache. Wo brennt's denn?« Gschwandtner legte den Wasserschlauch auf dem Boden ab und wischte sich mit dem Ärmel seiner Arbeitsjacke den Schweiß von der Stirn. »Schon wieder so verdammt heiß heute. Lass uns rüber in den Schatten gehen.« Er setzte sich nahe der Einfahrtsmauer ins Gras, und Joe tat es ihm gleich.

»Was gibt es so Dringendes, dass ich dafür meine Arbeit unterbrechen muss?«

»Hast du von dem Mord gehört? Also, ich meine von dem Mann, der neben der Kirche tot zusammengebrochen ist.«

»Freilich habe ich das.«

»Das war praktisch mein Chef, ich hätte ihn beschützen sollen. Ich habe dir ja erzählt, dass ich bei einer Firma arbeite, die Leibwächter vermittelt.«

Gschwandtner nickte.

»Jetzt ist er tot, und irgendwie habe ich immer noch ein schlechtes Gewissen, weil sie ihn praktisch vor meiner Nase umgebracht haben.«

»Verstehe ich«, sagte Gschwandtner.

»Und da habe ich gedacht, dass du mir vielleicht dabei helfen könntest, ein wenig Licht in die Sache zu bringen. Ich habe ihn herbegleitet, du weißt schon, als wir uns letztens hier getroffen haben.«

Gschwandtner nickte abermals, schaute Joe aber zweifelnd an.

»Wenn du mir nicht weiterhelfen kannst, ist es auch nicht schlimm. Dann muss ich eben über einen anderen Weg versuchen, an Informationen heranzukommen«, ergänzte Joe.

»Oh, ich weiß viel. Auch über den Mann, den du beschützen solltest. Wie hieß er noch?«

»Bechstein, Dr. Gottlieb Bechstein«, beeilte sich Joe zu sagen.

»Ach ja, Bechstein, der ungläubige Hund.« Gschwandtner grinste.

»Wie?«

»So haben sie ihn genannt, wenn sie über ihn gesprochen haben.«

»Was weißt du? Und wer ist ›sie‹?«, fragte Joe. Er konnte seine Aufregung kaum verbergen.

»Alle glauben immer, ich wäre blöd. Aber das bin ich nicht«, sagte Gschwandtner und klopfte Joe auf den Oberschenkel.

»Jetzt red schon.«

»Also gut. Da drüben«, Gschwandtner deutete hinter sich, »habe ich die Schiefersteinplatten mit Naturharzöl eingelassen. So kommen die Farben besonders gut zur Geltung. Das gibt einen schönen Glanz.«

»Bitte, Chris, du wolltest mir erzählen, was du gesehen oder gehört hast, und nicht von deinen Schiefersteinplatten.«

»Bin ja schon dabei. Da waren so ein paar Männer. Sie haben Deutsch geredet, sonst hätte ich ja nichts verstanden. Einer von ihnen war Schweizer, das war am Dialekt zu erkennen, die anderen zwei waren Deutsche, keine Österreicher. Dann gab es noch zwei weitere, die aber nichts gesagt haben. Ein Mann, so ein dünner, war, glaube ich, von dort, wo auch mein Chef herstammt. Ich habe ihn erst vor Kurzem wieder hier gesehen. Nachdem Bechstein tot war, war er ein paar Tage lang weg.«

»Und worüber haben die Männer gesprochen?«, fragte Joe. Er bemühte sich, ruhig zu bleiben.

»Na, über deinen Doktor. Und dass sie sich das nicht bieten lassen würden. Anscheinend war er ein sehr gefährlicher Mann. Mein Chef, der Al-Madani, meinte, wenn der ungläubige Hund auspacken würde, wäre er geliefert.«

»Hast du mitbekommen, worum es in dem Gespräch ging und wie Dr. Bechstein deinem Chef hätte gefährlich werden können?«

»Natürlich, sie haben ja ausführlich diskutiert. Sie haben über Waffen und von einem Flugzeug gesprochen. Ehrlich gesagt, Joe, natürlich darf man niemanden umbringen, aber was Bechstein gemacht hat, war auch alles andere als in Ordnung.«

»Mein Gott, Chrissi, jetzt red schon Klartext!«

»Dein Doktor hat meinen Chef erpresst«, sagte Gschwandtner vorwurfsvoll.

»Und womit?«

»Irgendetwas mit einem Flugzeug, einer iranischen Maschine, die die Saudis abgefangen und zur Landung gezwungen haben, weil sie angeblich Waffen anstatt Hilfsgüter an Bord geladen hatte. Sie haben sich darüber unterhalten, dass Bechstein behauptet hat, das Flugzeug sei von meinem Chef gechartert worden, um Waffen in den Jemen zu transportieren.«

»Aber Al-Madani stammt doch aus Saudi-Arabien. Ich versteh das nicht«, sagte Joe.

Gschwandtner machte ein spitzfindiges Gesicht. »Das ist ja das Problem. Wenn der neue König, bei dem mein Chef einen ziemlich großen Stein im Brett hat, Wind von diesem Gerücht bekommt, kann Al-Madani einpacken. Dein sauberer Bechstein hat ihm anscheinend damit gedroht, es dem König zu stecken, sollte er ihm bei seinen Geschäften nicht behilflich sein.«

»Und du glaubst, Al-Madani hat ihn deshalb umbringen lassen?«

Gschwandtner nickte. »Das glaube ich nicht nur, das weiß ich. Aber zu beweisen ist es nicht.«

»Hast du denn Anhaltspunkte für deine These?«, fragte Joe.

»Ich habe sogar gehört, wie sie beschlossen haben, dass dein Doktor wegmuss. Al-Madani hat zu dem dünnen Mann etwas gesagt, was ich nicht verstanden habe, und dann auf Deutsch gemeint, sein Mitarbeiter würde alles wieder in Ordnung bringen. Eine gute Woche danach war Bechstein tot.«

»Und warum hast du der Polizei nichts davon erzählt?«, fragte Joe. »Hattest du Angst, sie würden dich dann auch erledigen?«

»Geh! Wo denkst du hin? Ich habe doch keine Angst. Aber Al-Madani zahlt mir ein schönes Gehalt. Das Geld kann ich gut gebrauchen, bei dem, was ich jeden Monat für meine Kinder abliefern muss. Ich werde ihn nicht verpfeifen. Das wäre ja so, als würde man seine beste Kuh im Stall zum Schlachter führen.«

»Und was wäre, wenn ich mit deinen Infos zur Polizei ginge?«

Gschwandtner erhob sich, zuckte mit den Schultern. »Dann werde ich, falls sie mich überhaupt vorladen, sagen, dass ich keine Ahnung habe, wovon du sprichst. Weißt du, manchmal ist es ganz gut, wenn einen die Leute für dumm halten. Entschuldige bitte, aber ich muss jetzt wirklich den Wagen fertig waschen. Hat mich sehr gefreut, mit dir zu plaudern.« Er zwinkerte Joe zu, ging zum Auto, drehte den Wasserhahn auf und fuhr pfeifend damit fort, das Auto einzuschäumen.

»Mit dem Saudi hast du dich also angelegt«, murmelte Joe und stand auf. Aber solange er nichts beweisen konnte, war er kein Stück weiter als bisher. Auf Gschwandtner konnte er keinesfalls zählen, und die Polizei würde sich hüten, den feinen und einflussreichen Herrn Al-Madani zu verärgern.

Joe wollte eben in sein Auto steigen, als er aus dem Augenwinkel sah, wie sich die Eingangstür der Villa öffnete und ein hagerer kleiner Mann heraustrat. Zielstrebig ging er zu einem roten Mini Cooper Paceman, der im Schatten des Hauses parkte, stieg ein und fuhr mit aufheulendem Motor davon.

Als er Joe passierte, trafen sich für einen Moment die Blicke der beiden Männer. Der Fahrer des Mini sah aufgebracht aus.

Joe setzte sich in seinen Wagen, steckte den Zündschlüssel ins Schloss und wollte schon den Anlasser betätigen, als ein alter VW Passat die Straße entlangkam, knatternd in die Einfahrt rollte und neben Al-Madanis teurer Limousine parkte.

Christian Gschwandtner warf einen missbilligenden Blick auf das Fahrzeug. Als ihm aber ein Mann und eine Frau mittleren Alters, die er zu kennen schien, entstiegen, hob er seinen Gartenschlauch, damit die Ankömmlinge trocken blieben, und grüßte freundlich in Richtung der Frau, die gut gelaunt und anmutig über das Rinnsal sprang, das sich seinen Weg in den Gully suchte.

Die Art, wie der sie begleitende Mann sich bewegte, ließ darauf schließen, dass er einigermaßen durchtrainiert war. In Joes Augen strahlte er Gefahr aus, verhalten und kontrolliert, aber eindeutig Gefahr. Er begleitete die Frau zum Eingang, sie verabschiedeten sich, und als er wieder zurück zu seinem Auto ging, konnte Joe kurz sein Gesicht erkennen. Er zuckte zusammen. Der Mann war ihm nicht unbekannt. Er war derselbe, der bei seinem Großvater herumgeschnüffelt hatte.

## 12

Schröck war verwirrt. Er lenkte den Wagen zurück auf die Hauptstraße, die nach Hallstatt führte. Von der Fahrt auf dem See hatte er kaum etwas mitbekommen. Fast die gesamten neunzig Minuten hatten sie sich unterhalten. Er wusste nun, dass die Frau Sarah Kienberger hieß, studierte Betriebswirtin war und erst seit ein paar Jahren wieder in Bad Ischl lebte. Vorher hatte sie jahrelang ihre kranke Schwiegermutter in Gmunden bis zu deren Tod gepflegt. Ihr Mann war Ingenieur bei einer großen Firma mit Niederlassungen in halb Europa und in Übersee. Schröck hatte die meiste Zeit nur zugehört, Sarah Kienberger betrachtet und insgeheim geflucht, dass alle netten Frauen wohl schon vergeben waren.

Die Fahrt war viel zu schnell vergangen, viel zu früh hatte das Schiff wieder in Hallstatt angelegt. Sarahs Begleiter, ein Gast ihres Chefs, wie sie Schröck erzählt hatte, war die ganze Zeit über unter Deck geblieben. Er war sichtlich erleichtert, als er wieder festen Boden unter den Füßen hatte. Sarah hatte sich hastig von Schröck verabschiedet und war dann ihrem Schützling nachgeeilt. Schröck ließ ein paar Leuten den Vortritt, die es offenbar eilig hatten, ihre Busse zu erreichen, die am Anleger warteten.

Die schwarze Limousine war wieder da. Sarahs Begleitung stieg ein und wirkte dabei ziemlich klapprig. Sie half dem Mann, indem sie die Hand schützend über seinen Kopf hielt, damit er sich ihn beim Einsteigen nicht anstieß. Dann schaute sie sich suchend um, und als sie Schröck entdeckte, winkte sie und bedeutete ihm, zu ihr zu kommen.

Schröck beeilte sich.

»Dem Geschäftsfreund von meinem Boss hat es offenbar zu viel geschaukelt. Außerdem verträgt er die Hitze nicht gut. Er will schnell wieder zurück«, sagte sie und sah Schröck auffordernd an.

Also fasste er sich ein Herz. »Dann könnten wir doch noch einen Kaffee trinken oder ein Eis essen gehen, wenn Sie Lust haben«, sagte er möglichst beiläufig. In Wirklichkeit schlug sein Herz so heftig, dass er Angst hatte, sie würde es hören.

»Das könnten wir«, sagte sie. »Sind Sie mit dem Auto da? Sie müssten mich nämlich anschließend nach Obertraun in mein Büro zurückfahren. Es ist nicht weit von hier, nur vier Kilometer.«

»Das mache ich sehr gern.«

»Und noch etwas …«

»Ja?«

»Wenn es Ihnen nichts ausmacht, trinke ich lieber ein Bier als einen Kaffee«, sagte sie und lächelte ihn schelmisch an.

»Das macht mir rein gar nichts aus. Ehrlich gesagt habe ich auch eher Lust auf etwas Kühles«, erwiderte Schröck erfreut.

Sie verbrachten fast zwei Stunden in einem Gastgarten direkt am See, tranken Bier und plauderten. Als Sarah Schröck danach fragte, warum er in Hallstatt war, erzählte er ihr von seinem Auftrag und auch von seiner Befürchtung, dass es aussichtslos sei, weiter vor Ort zu ermitteln. Es gab auch keinen Grund, wieso er damit hinter dem Berg hätte halten sollen, seine neue Bekanntschaft hatte schließlich damit nichts zu tun.

Während er sprach, sah sie ihn ungläubig an, aber als Schröck ihr seinen Dienstausweis zeigte, lachte sie und hob die Hände, als würde sie sich ihm ergeben.

»Ich sitze also mit einem richtigen Geheimagenten beim Bier«, sagte sie lächelnd.

Schröck zuckte ein wenig verlegen mit den Schultern. »So geheim sind wir heutzutage auch nicht mehr«, sagte er.

Sarah hatte natürlich vom Mord an dem deutschen Diplomaten gehört. Alle im Ort waren schockiert, die meisten, weil sie einen Rückgang der Touristenzahlen fürchteten. Aber die meisten der Gäste stammten ohnehin aus Asien, und die hatten von dem gewaltsamen Tod nichts mitbekommen. In den internationalen Medien hatte der Vorfall kein besonderes Echo hervorgerufen.

»Mein Job ist auch nicht uninteressant«, sagte Sarah dann mit gespieltem Ernst. »Ich arbeite für einen Scheich – jedenfalls einen Beinahe-Scheich, einen saudi-arabischen Geschäftsmann. Er ist einer der Berater des saudischen Kronprinzen. Die meiste Zeit im Jahr ist er nicht hier, was natürlich gut für meine Zeiteinteilung ist. Er ist nicht gerade arm und bezahlt mich fürstlich dafür, dass ich seine Grundstücke verwalte und ein Auge auf die Bilanzen der Firmen habe, an denen er beteiligt ist. Er lässt mir weitgehend freie Hand.« Dann wurde sie plötzlich ernst, und diese Reaktion war nicht gespielt. »Wie, sagten Sie eben, hieß der Mann, der beim Beinhaus umgekommen ist?«

»Bechstein, Dr. Gottlieb Bechstein.«

»Den Namen habe ich schon einmal gehört. Haben Sie zufällig ein Foto von ihm dabei?«

Schröck holte ein kleines Bild aus seiner Brieftasche. Er hatte es ausgedruckt, das Foto war bei den Unterlagen gewesen, die ihm Klaus Heinrich per Mail geschickt hatte.

»Den kenne ich! Der war bei meinem Chef zu Besuch!«, rief Sarah und tippte immer wieder mit dem Zeigefinger auf das Bild, wobei sie Schröcks Hand berührte, was ihn in diesem Augenblick mehr beschäftigte als die Tatsache, dass Bechstein Gast eines saudischen Geschäftsmanns gewesen war.

»Mein Chef war ziemlich aufgebracht, als Dr. Bechstein wieder weg war. Warum, konnte ich allerdings nicht verstehen, er hat mit einem seiner Leute arabisch gesprochen«, sagte sie, und jetzt wurde Schröck doch hellhörig.

Auf der Fahrt zurück nach Obertraun war Sarah Kienberger zunehmend einsilbiger geworden. Dann plötzlich, sie passierten gerade den Weg zur Kesselquelle, berührte sie ihn am Oberarm und sagte: »Es könnte sein, dass mein Chef etwas mit dem Tod von Bechstein zu tun hat. Hätten Sie morgen Zeit? Ich glaube, ich sollte Ihnen etwas zeigen.«

Nachdem Sarah beim Haus Al-Madanis ausgestiegen war und sie ein Treffen für den nächsten Tag vereinbart hatten, fuhr Schröck nach Hallstatt zurück. Gut, dass er Heinrich noch nicht über den Abbruch der Aktion unterrichtet hatte. Sein Gefühl sagte ihm, dass er doch noch nicht am Ende seiner Ermittlungen vor Ort war, aber die Aussicht darauf, Sarah schon morgen wiederzusehen, erfreute ihn viel mehr als diese überraschende Erkenntnis.

## 13

Joe war ein paar Meter gefahren, dann in eine Seitenstraße eingebogen und hatte den Wagen gewendet, um ihn in eine Position zu bringen, von der aus er sowohl Al-Madanis Villa als auch die Fahrbahn im Blick hatte. Um kein Aufsehen zu erregen, hielt er sein Handy ans Ohr und gab vor zu telefonieren. Er musste nicht allzu lange warten. Nach wenigen Sekunden fuhr der alte Passat, mit dem der Mann gekommen war, an ihm vorbei. Joe ließ den Motor an und folgte ihm mit gebührendem Abstand. Er schien es nicht eilig zu haben, fuhr in Richtung Hallstatt. Nach etwa zehn Minuten bestätigte sich Joes Vermutung. Der Wagen vor ihm steuerte auf das für die Hotelgäste vorgesehene Parkhaus P1 zu und verschwand schließlich darin.

Der Info-Point an der Einfahrt war unbesetzt. Joe stellte seinen Wagen davor auf die für Hotelshuttlebusse reservierte Freifläche und stieg aus.

Vorsichtig betrat er das Innere des Parkhauses. In größerer Entfernung waren die Motorgeräusche des Passat zu hören. Schnell ging Joe weiter und sah die Bremslichter des Wagens aufleuchten. Er wollte herausfinden, in welchem Hotel der Mann abgestiegen war. Vielleicht konnte er so in Erfahrung bringen, wer er war, und ihm dann auf den Zahn fühlen. Der Kerl hatte bei seinem Großvater herumgeschnüffelt, er war vor Al-Madanis Haus aufgetaucht, und er hatte etwas an sich, das Joes Alarmglocken schrillen ließ. In seinen Augen war der Typ mehr als verdächtig. Nach allem, was ihm Christian Gschwandtner erzählt hatte, würde es Joe nicht wundern, wenn er etwas mit dem Mord an Dr. Bechstein zu tun hätte.

Das Innere des Parkhauses war gut beleuchtet. Aus Furcht, der Mann könnte ihn entdecken, versteckte sich Joe hinter einem Minivan. Von dort aus beobachtete er, wie der Fahrer ausstieg, den Wagen absperrte und zügig Richtung Ausgang ging. Plötzlich, er war gerade an einem Kleinbus vorbeigelaufen, blieb er stehen, drehte sich um und warf einen Blick zu seinem Auto zurück. Joe vermutete, dass er etwas vergessen hatte und noch einmal zurückgehen wollte, duckte sich und hielt die Luft an.

Doch plötzlich beschleunigte der Mann seinen Schritt und steuerte geradewegs auf Joe zu.

Joe war unbewaffnet, keine gute Voraussetzung, um einem vermeintlichen Killer gegenüberzutreten. Es wäre sinnlos, den Helden zu spielen. Während er zwischen den abgestellten Autos hindurchhechtete, hörte er den Mann hinter sich rufen: »So warten Sie doch, ich will nur mit Ihnen reden!«

Dann verlor Joe das Gleichgewicht – ein Gefühl, als würde der Asphalt unter ihm weggezogen werden. Er flog durch die Luft und schlug schließlich hart mit der Schulter auf. Reflexartig drehte er sich auf den Rücken, schnellte hoch und blickte in das Gesicht des Mannes, den er eben noch observiert hatte. Panisch holte er zum Schlag aus, aber ein brennender Schmerz durchzuckte seine Schulter. Er zögerte einen Moment, den der andere nutzte, um ihn blitzschnell am Revers seines Sakkos zu packen und ihm mit dem Fuß die Beine wegzuziehen, sodass Joe mit dem Rücken auf der Kühlerhaube des neben ihm parkenden Autos zu liegen kam. Er wollte sich hochrappeln, aber der Mann war schon wieder über ihm, fasste ihn mit beiden Händen am Oberarm und drückte ihm seine Daumen unterhalb der Achseln zwischen Bizeps und Knochen tief ins Fleisch. Joe stöhnte unter dem jähen Schmerz auf, fühlte, wie seine Hände taub wurden. Bevor er an Gegenwehr denken konnte, wurde er hochgerissen und sein rechter Arm nach hinten gedreht. Der Mann stieß ihn zwischen den Autos vor sich her, bis sie auf einer freien Fläche standen. Joes gestreckter Arm wurde nach oben gerissen und er auf die Knie gezwungen.

»Hast du denn völlig den Verstand verloren?«, herrschte der Mann Joe an. »Was sollte das? Bist du von allen guten Geistern verlassen, einen Bundesbeamten anzugreifen? Ich wollte dir doch nur ein paar Fragen stellen.«

»Sie sind was?«

»Vom BND, du Dummkopf! Dem Bundesnachrichtendienst.«

»Tut mir leid«, stammelte Joe und spürte, wie sich der Griff um seine Hand lockerte.

»Versprichst du mir, friedlich zu bleiben?«

»Natürlich, ich wusste doch nicht …«

# 14

Schröck gab den Arm des jungen Mannes frei, der sich sofort beeilte, auf die Beine zu kommen, und verlegen an seinem Jackett zupfte. »Mein Name ist Michael Schröck.« Er streckte ihm die Hand hin und konnte sich ein Grinsen nicht verkneifen, als der andere bei seiner Bewegung zusammenzuckte. »Na, na, jetzt krieg dich mal wieder ein, ich tue dir schon nichts, auch wenn ich vom BND bin. Was dachtest du denn, wen du da verfolgst? Und wer bist du?«

»Joe Zahler«, sagte Joe und ergriff Schröcks Hand. »Haben Sie einen Ausweis oder etwas Ähnliches?«, fragte er kleinlaut.

Schröck nickte, langte langsam in die Gesäßtasche seiner Jeans, zog sein Portemonnaie heraus und hielt Joe seinen Dienstausweis unter die Nase. »Bist du jetzt zufrieden?«

Joe nickte. »Scheint echt zu sein.«

»Mensch!«, stöhnte Schröck. »Komm jetzt. Lass uns was trinken gehen, oder willst du hier Wurzeln schlagen?«

Schröck drehte sich um und steuerte auf den Ausgang des Parkhauses zu, Joe folgte ihm. Sie überquerten die Straße und gingen Richtung Ortszentrum.

»Normalerweise passiert mir so etwas nicht«, sagte Joe nach einer Weile.

»Kann ich mir vorstellen«, entgegnete Schröck. »Als Bodyguard hast du sicher eine gute Nahkampfausbildung.«

Joe nickte betreten.

»Mach dir nichts draus, du hast einfach nicht mit einem Angriff gerechnet.«

Wieder nickte der junge Mann.

Schröck sah, wie Joe sichtbar geknickt neben ihm hertrabte und dachte, dass ihm dieser Mann eigentlich ganz sympathisch war.

»Was wolltest du eigentlich von mir?«, fragte Schröck, als sie später im Hotelrestaurant saßen.

Joe erzählte ihm, dass er hilflos hatte zusehen müssen, wie Bechstein starb, und dass er sich seither Vorwürfe machte, weil er seinen Tod nicht verhindert hatte. Deshalb hatte er beschlossen, auf eigene Faust auf die Suche nach dem Täter zu gehen. »Haben Sie schon einen Verdacht, wer es gewesen sein könnte?«

Schröck wiegte den Kopf hin und her. »Eine vage Vermutung. Aber ich weiß nicht, ob tatsächlich etwas an ihr dran ist. Vielleicht habe ich schon morgen mehr Klarheit.«

»Möglich, dass ich heute etwas erfahre, was mich weiterbringen könnte«, sagte Joe geheimnisvoll.

»Glaubst du denn wirklich, dass du den Fall allein lösen kannst? Das ist eine Nummer zu groß für dich«, sagte Schröck und dachte, dass das auf ihn genauso zuträfe, könnte er nicht darauf vertrauen, im Ernstfall vom Apparat des Nachrichtendienstes unterstützt zu werden. Darüber hinaus schien Zahler die Sache viel zu persönlich zu nehmen. Ein riesengroßer Fehler. Schröck hatte während seiner vielen Jahre bei der Polizei mehr als einmal erlebt, dass Kollegen sich in einem Fall persönlich betroffen gefühlt hatten. Unter diesen Umständen war die Sache nie gut ausgegangen. »Ich rate dir, lass die Finger davon«, sagte er und wunderte sich selbst darüber, wie gutväterlich die Worte aus seinem Munde klangen.

»Tut mir leid, aber das kann ich nicht.« Joe machte ein trotziges Gesicht. »Es ist eine Frage der Ehre.«

Schröck nickte. Der Mann meinte es anscheinend ernst und würde nicht aufgeben, bis er endgültig scheiterte. Im unwahrscheinlichen Fall, dass Joe Bechsteins Mörder wirklich auf die Spur kam, würde er sich nicht unerheblicher Gefahr aussetzen. Vielleicht war er ein passabler Bodyguard, aber von Observierung hatte er keine Ahnung. Sein Auto war Schröck schon aufgefallen, als er Sarah Kienberger bei Al-Madanis Haus abgeliefert hatte. Und später, als er ihm nachgefahren war, hatte sich der Verdacht, verfolgt zu werden, bestätigt. Joes

Verhalten war lehrbuchmäßig gewesen: »Beschatten für Anfänger – wie man es nicht machen soll«. Er hatte ständig den gleichen Abstand gehalten und war, wenn Schröck absichtlich das Tempo gedrosselt hatte, sofort ebenfalls langsamer geworden, ein klassischer Fehler.

»Du fährst besser zurück nach Wien«, sagte Schröck bestimmt.

Joe verschränkte die Arme vor der Brust und schüttelte den Kopf.

Schröck nahm einen Schluck Bier. Er ahnte, dass Zahler sich von ihm nicht umstimmen lassen würde. Aber vielleicht war das nicht so schlimm wie gedacht. Er wusste mit Sicherheit Bescheid darüber, mit wem Bechstein vor seinem Tod Kontakt gehabt hatte, hatte vielleicht sogar etwas Wichtiges aufgeschnappt. Und trotzdem. Er würde ihm kaum etwas verraten, damit er weiterhin auf eigene Faust herumschnüffeln konnte. »Ich sehe schon, dass ich dich nicht überzeugen kann, die Finger von der Sache zu lassen. Meine Chefs können ganz schön sauer reagieren, wenn ich ihnen keine brauchbaren Resultate liefere. Was hältst du davon, wenn wir uns zusammentun und gemeinsam nach Bechsteins Mörder suchen? Du hast vielleicht eine Idee, wo wir damit anfangen können, und ich werde, wenn wir fündig werden, dafür sorgen, dass der oder die Täter im Gefängnis landen.«

Joe machte ein Gesicht, als hätte er in eine Zitrone gebissen. Schröck rechnete schon damit, dass er ablehnen würde, dann aber zuckte er mit den Schultern. »Vermutlich haben Sie recht, allein schaffe ich das wirklich nicht. Und selbst wenn ich den Mörder finden würde, wäre es nicht gesagt, dass die Polizei auf mich hören würde. Aber wenn Sie mit Ihrem Geheimdienstausweis winken, hüten die sich bestimmt davor, Sie zu ignorieren.« Joe sprach wie jemand, der sich schmerzlich darüber im Klaren war, dass er der ewig Kleinere war. Und dem dieser Umstand stank.

»Dann sind wir also im Geschäft«, sagte Schröck und prostete Joe zu. »Unser Deal beinhaltet aber auch den wechselseitigen Austausch von Informationen. Ich erzähle dir, was ich in Erfahrung bringe, und du sagst mir, was du weißt. Ist das okay für dich?«, fügte er schnell hinzu, weil er ahnte, wie sich der junge Mann fühlen musste.

Joe nickte, und Schröck hatten den Eindruck, dass sich seine Laune ein wenig gebessert hatte.

»Finde ich gut. Dann lassen Sie uns gleich loslegen. Sie haben vorhin gesagt, dass Sie eine Vermutung hätten, wer Bechstein auf dem Gewissen hat.«

Schröck konnte sich ein Schmunzeln kaum verkneifen, Zahler war fix. »Michael. Du kannst mich auch duzen.« Schröck streckte ihm über den Tisch die Hand entgegen.

»Joe.«

Die Kellnerin bediente das Ehepaar am Nebentisch. Schröck fragte Joe, ob er noch etwas für ihn bestellen solle, aber der schüttelte den Kopf und schaute ihn genauso unverwandt wie erwartungsvoll an. Schröck nickte. »Also gut. Ich habe heute von einer Angestellten Al-Madanis erfahren, dass er nicht sehr gut auf Dr. Bechstein zu sprechen war. Mehr weiß ich leider noch nicht, aber für morgen sind mir neue Informationen versprochen worden.«

Über Joes Gesicht huschte ein triumphierendes Lächeln. »Ich glaube, ich weiß schon ein bisschen mehr als du.«

»Und zwar?« Es schien Schröck, als wäre Joe jetzt optimistischer gestimmt. Er gab sich kryptisch.

»Ich habe da einen Informanten, der Name tut nichts zur Sache, er arbeitet ebenfalls für Al-Madani.«

»Du meinst den Mann, der in der Einfahrt die Limousine geschrubbt hat? Der, der ungefähr in deinem Alter ist?«

Joe verzog den Mund und zuckte mit den Schultern. »Was soll's«, murmelte er. »Ja, genau der, er heißt Christian Gschwandtner und ist mit mir in die Volksschule gegangen.«

»Was ist mit ihm?«

»Er hat mitbekommen, wie Al-Madani einem seiner Männer den Auftrag erteilt hat, Dr. Bechstein umzubringen.«

Schröck machte eines seiner skeptisch abwägenden Gesichter. Silvia hatte einmal zu ihm gesagt, dass sie ihn am liebsten erschlagen würde, wenn er so dreinschaute.

»Zweifelst du etwa an dem, was ich dir erzähle?«, fragte Joe.

»Nein, nein, ganz und gar nicht. Ich glaube nur, dass sich dein Freund hüten wird, die Aussage vor Gericht zu wiederholen.«

»Das hat er auch gesagt«, seufzte Joe und machte eine betretene Miene.

»Na ja, jetzt wissen wir immerhin, oder glauben wenigstens zu wissen, dass Al-Madani etwas mit Bechsteins Tod zu tun hat. Als Nächstes gilt es, Näheres in Erfahrung zu bringen und diesen Verdacht zu verifizieren. Jedenfalls sind wir auf dem richtigen Weg.« Schröck prostete Joe erneut zu. »Für heute sollten wir Schluss machen. Ich schlage vor, wir treffen uns morgen wieder hier. Um acht Uhr abends? Bis dahin müsste ich auch ein bisschen mehr wissen.«

Joe nickte, sie tranken aus und verabschiedeten sich.

## 15

Er rannte um sein Leben. Dass seine Verfolger zu allem fähig waren, wusste er. Er hatte sich noch nichts dabei gedacht, als ihm der Gruber Lois ohne Vorwarnung seine Faust in den Magen gerammt hatte, sodass ihm die Luft weggeblieben war. Der Lois war schon immer ein brutaler Hund gewesen. Aber Gschwandtner war sich keiner Schuld bewusst, hatte nicht einmal eine Vermutung, womit er diese Reaktion hervorgerufen haben könnte. Dass sie ihn tatsächlich umbringen wollten, wurde ihm erst bewusst, als ihm der sonst so sanftmütige dicke Wilfried, der Bäcker, einen Holzprügel über den Kopf zog. Und das mit einer derartigen Wucht, dass er beinahe das Bewusstsein verloren hätte.

Er sah den alten Mann, der nur ein paar Meter weiter im Schatten einer Hausmauer stand, hilfesuchend an. Der aber gab zwei anderen Burschen, die Gschwandtner ebenfalls kannte, durch ein Kopfnicken zu verstehen, sich auf ihn zu stürzen. Gschwandtner verdrängte den Schmerz, stieß nur einen Schrei aus und flüchtete dann, er stolperte mehr, als dass er rannte. Seine Umgebung nahm er nur noch durch einen Schleier warmen Blutes wahr, das ihm über das Gesicht lief, immer wieder schrie er wie ein waidwundes Tier auf. Trotz seiner Benommenheit bekam er mit, wie irgendwo Fenster aufgerissen wurden. Jemand rief, er würde die Polizei holen, sollte nicht gleich Ruhe einkehren, schließlich sei es zwei Uhr nachts und ordentliche Leute schliefen um diese Zeit. Ordentliche Leute verfolgten aber auch niemanden durch den Ort, der Todesangst hatte. Und das mit Recht, wie sich später herausstellen würde.

Am letzten Haus, bevor die Straße über den Hauptplatz führte und wieder in die Bundesstraße mündete, stand eine Eingangstür offen, durch die Licht auf den Gehsteig fiel. Gschwandtner sah alles doppelt, seit ihn der Bäcker geschlagen hatte. Er machte die verschwommenen Umrisse zweier weiblicher Gestalten aus, rannte auf sie zu, stürzte dabei und schlug in voller Länge hart zu ihren Füßen auf. Der Alt einer Stimme ertönte im tröstlichen Tonfall, der Frauen jenseits der siebzig eigen war. Gschwandtner beobachtete, wie sich die alte Dame zu ihm herunterbeugte, ihn an der Schulter fasste und fragte: »Ja, Christian, was machst du denn für Sachen?«

»Gott sei Dank, Frau Gams …«, murmelte er, dann verlor er das Bewusstsein. Er wähnte sich in Sicherheit.

Als Gschwandtner aus seiner Ohnmacht erwachte, nahm er als Erstes seltsame Lichter wahr. Es schien, als würden Wellen durch die Nachtluft verlaufen, Lichtkleckse tanzten durch eine gallertartige Luft, in ruhigem Rhythmus erst auf ihn zu und dann wieder weg. Christian Gschwandtner schrieb die seltsamen Sinneseindrücke seinem Zustand zu. Er nahm all seine Kraft zusammen, versuchte, sich zu konzentrieren, jedoch vergeblich. Noch immer vollführten die Erscheinungen ihren Tanz. Er bemühte sich, Ordnung in seine Erinnerungen zu bringen. Bewegen konnte er sich nicht, er lag auf dem Rücken auf einem Stück Holz, es musste ein ziemlich breites sein, weil es den Raum zwischen seinen Schulterblättern ausfüllte. Seine Arme waren im rechten Winkel zum Körper ausgestreckt und an einer Querlatte festgebunden. Er fühlte keinen Schmerz, spürte nichts mehr, nicht einmal seine Hände. Wo sie hätten sein müssen, war nur noch ein Klumpen Fleisch, der zwar zu ihm gehörte, aber nur noch kalt und gefühllos war. Gschwandtner versuchte zu begreifen, schob die Taubheit, die langsam auch seine anderen Extremitäten erfasste, auf den Schlag auf den Kopf, den ihm der dicke Bäcker verpasst hatte.

Oder waren es die starken Stricke, die an seiner Gefühllosigkeit schuld waren? Sie hatten ihn am Spann seiner Füße und an den Händen am Balken festgebunden und das Seil so stramm gezogen, dass ihm die Adern abgedrückt wurden.

Gschwandtner hatte Angst. Er war verwirrt, die Frau in der erleuchteten Tür hatte ihn doch gerettet. Er befürchtete, dass sein Schädel kaputt sein könnte. Ein Kollege, Skilehrer wie er selbst, war im vorigen Winter einmal alleine abgefahren und hatte es dabei sehr eilig gehabt, weil es schon dunkel wurde. Aus Unachtsamkeit war er in den Wald abgedriftet und mit voller Wucht gegen einen Baum geprallt.

Erst hatte er, wie es schien, Glück im Unglück gehabt. Eine Gruppe von Skifahrern, die in einem Berggasthof gefeiert hatte, fand den Verunglückten und brachte ihn ins Tal. Auch er hatte darüber geklagt, doppelt zu sehen, aber weil er einigermaßen klar war, hatten alle das für ein Zeichen einer Gehirnerschütterung gehalten. Nicht einmal während des Unglücks hatte er das Bewusstsein verloren, hatte mit seinen Rettern sprechen und sich bei ihnen bedanken können. Erst während des Transports ins Bad Ischler Krankenhaus war er ohnmächtig geworden. Aus seiner Nase lief Blut, in seinem Gehirn war ein Gefäß geplatzt, woraufhin es zur Atemlähmung kam, und schließlich setzte auch sein Herzschlag aus. Die Sanitäter hatten alles Menschenmögliche getan, um das Leben des Mannes zu retten, aber der Aufprall gegen den Baum war offenbar so heftig gewesen, dass Nase und Schädelbasis gebrochen und Knochensplitter ins Gehirn eingedrungen waren. Bei der Erinnerung daran hatte Gschwandtner noch mehr Angst. Er schniefte, aber dem Geschmack nach zu urteilen, war es nur ganz normaler Rotz, den er aufzog, kein Blut.

Es war unbequem, hier so zu liegen, aber er konnte nicht um Hilfe rufen. Man hatte ihm ein Stück Stoff in den Mund gestopft und mit einem Isolierband nicht nur diesen, sondern auch seine Ohren zugeklebt, sodass er die Umweltgeräusche nur als dumpfes Rauschen hörte. Viel lauter war das Pochen seines eigenen Herzens.

Er hob den Kopf, sein Nacken tat höllisch weh, aber endlich wusste er, welche Bewandtnis es mit dem seltsam tanzenden Licht auf sich hatte. Gschwandtner lag mitten in der Nacht auf seiner hölzernen Unterlage am Ufer des Hallstätter Sees, gleich unterhalb eines Parkplatzes, ein paar Kilometer außerhalb vom Ort. Wenn er den Kopf nach rechts drehte, sah er die Lichter von Hallstatt, die sich in den sanften Wellen des Sees spiegelten. Es war so still, dass sich sein Empfinden allein auf den Schmerz in seinem Kopf und seinem Magen beschränkte. Er versuchte, sich zu konzentrieren. Vielleicht stand es gar nicht so schlecht um ihn, wenn er sich erinnern konnte, was passiert war. Vielleicht wäre es möglich, dass sein Schädel entgegen seinem Gefühl nicht geborsten war.

Tagsüber hatte er die letzten Steinplatten rund um Al-Madanis Villa mit Öl bearbeitet. Nach Feierabend setzte er sich auf seinen Motorroller, fuhr nach Hause, joggte seine täglichen fünfzehn Kilometer durch den Wald und schwamm noch eine Runde im See. Da er den Tag über beinahe ohne Pause durchgearbeitet und kaum mit jemandem geredet hatte, bekam er plötzlich Lust, unter Leute zu gehen. Also fuhr er nach dem Duschen nach Goisern hinüber, genoss nach der Hitze den lauen Fahrtwind und ging ins Dorfwirtshaus. Der Stammtisch war voll besetzt. Er kannte fast alle Gäste, die Männer waren in seinem Alter. Mit einigen von ihnen war er zur Volksschule gegangen, die meisten waren dann jedoch auf die Hauptschule gewechselt, einige auch aufs Gymnasium, während er eine Ehrenrunde gedreht hatte. Er machte immer einen großen Bogen um sie. Als er noch Skirennen gefahren war, hatten sie ihn wenigstens in Ruhe gelassen, aber jetzt rissen sie ihre derben Witze und machten sich über ihn lustig, wann immer sie ihn trafen. Wenn sie in der Gruppe waren und genug Bier getrunken hatten, war es besonders schlimm.

Er sah sich im Wirtshaus um. Alle vom Stammtisch weiter entfernt stehenden Tische waren von kartenspielenden Männern und Touristen besetzt, also blieb ihm nichts anderes übrig, als den einzig freien Platz zu wählen – genau neben seinen ehemaligen Schulkameraden.

Er hatte nicht vorgehabt, ihnen zuzuhören, hatte sich vielmehr darauf konzentriert, sich die Männer wegzudenken. So hatte er es schon als kleiner Junge gehandhabt, wenn jemand ihm dumm kam und darauf anspielte, dass er nicht der Hellste war.

Aber je später es wurde und je mehr die anderen getrunken hatten, umso lauter wurden sie. Es war unmöglich, sie zu ignorieren. Als sie jedoch leise tuschelten und die Köpfe zusammensteckten, erregte das Gschwandtners Aufmerksamkeit nur noch stärker. Unbewusst spitzte er die Ohren.

Keiner der anderen Gäste saß so unmittelbar neben ihnen wie er, deshalb waren sie sich sicher, dass niemand sie hören würde. Gschwandtner hatten sie nach einer kurzen Begrüßung anscheinend vergessen.

Der brauchte eine Zeit lang, bis er das Gehörte begriff. Dann aber wurde er käseweiß, was niemandem auffiel, weil keiner auf ihn achtete. Doch als er aufsprang, noch im Hinausgehen sein Handy zückte und mehr lief als ging, wurden sie natürlich auf ihn aufmerksam.

Sie erwischten ihn, als er vor dem Gasthaus im Licht der Straßenlaterne Joe Zahlers Telefonnummer von der Visitenkarte in sein Handy tippte, und hörten, wie er ihm eine Nachricht hinterließ: »Joe, wir müssen uns unbedingt treffen. Ich habe gerade etwas erfahren. Es geht um deinen Konsul und seine Mörder.«

Dann war schon Lois Gruber bei ihm, riss ihm das Mobiltelefon aus der Hand und donnerte ihm seine Faust in den Magen. Lois gab das Handy an Markus weiter, den Besitzer des Elektrogeschäfts. Der begutachtete das Telefon, lachte und meinte, dass er, Gschwandtner, ein Esel sei, da er nicht einmal eine Gerätesperre eingerichtet hatte. Er verglich die letzte Nummer im Anrufspeicher mit der auf der Visitenkarte, die Gschwandtner bei Grubers Attacke aus der Hand gefallen war. Der dicke Bäcker hatte sie stöhnend von der Straße aufgehoben, sie mit seinen wulstigen Fingern abgewischt und sie anschließend dem Elektriker hingehalten.

»Schau mal einer an, den Zahler hast du angerufen. Glaubst du wirklich, der kann etwas ausrichten? Der kann ja nicht einmal auf die ihm anvertrauten Leute achtgeben, obwohl das sein Job ist.« Markus lachte, und die anderen stimmten ein.

»Ich habe nichts gehört«, sagte Gschwandtner. Er stand

immer noch unter Schock, sein Magen krampfte sich zusammen.

»Ruf den Alten an und frag ihn, was wir machen sollen«, wies Markus den dicken Bäcker an. »Er wird entscheiden, was mit ihm«, er deutete auf Gschwandtner, »geschehen soll.«

Der dicke Wilfried holte ächzend sein eigenes Telefon aus der Gesäßtasche und wählte eine gespeicherte Nummer. Als sich jemand meldete, schilderte er, was passiert war, nickte ein paarmal, bedankte sich dann und trennte die Verbindung. »Er kommt gleich, wir sollen auf ihn warten.«

»Und hat er gesagt, was mit dem da passiert?«, fragte Lois Gruber gereizt.

Der Bäcker fuhr sich mit dem Finger über den Hals. Das war das Signal für Christian Gschwandtner gewesen, loszurennen. Niemals hätten sie ihn erwischt, keiner von ihnen konnte so schnell laufen wie er. Aber dann stand plötzlich der Alte vor ihm und fragte ihn ganz ruhig, wo er denn so schnell hinwolle.

Gschwandtner war sich sicher, dass er ihm helfen würde. Auf ihn würden die ehemaligen Schulkameraden hören, und außerdem … Mittlerweile hatten sie ihn eingeholt. Der Alte gab ihnen ein Zeichen, aber nicht, um ihnen Einhalt zu gebieten. Der Holzprügel war auf ihn niedergedonnert, und dennoch war Gschwandtner bis zu der Frau im Hauseingang weitergerannt und vor ihren Füßen zusammengebrochen.

Was Gschwandtner nicht wusste und was und nicht Teil seiner Erinnerung war, war, dass die Alte, von der er sich Rettung erhoffte, ebenfalls zu ihnen gehörte.

Die Männer zogen den Bewusstlosen schnell ins Haus, knebelten ihn, fesselten ihn an Händen und Beinen und berieten, was zu tun sei.

Gruber schlug vor, Gschwandtner von der Traunbrücke ins Wasser zu schmeißen, dann sähe es so aus, als wäre er im Suff ertrunken.

Sie verwarfen die Idee schnell wieder. »Wie soll er auch im sturzbetrunkenen Zustand mit dem Roller, der im Übrigen immer noch vor dem Wirtshaus parkt, unbeschadet zur Brücke gekommen sein?«, wandte der Bäcker ein.

Schließlich hatte die alte Frau, der kein Außenstehender derlei Kaltblütigkeit zugetraut hätte, die zündende Idee. Der Gschwandtner gelte doch ohnehin als ein wenig einfältig. Was, wenn ihn seine alten Schulkameraden zum Poltern abgeholt hätten und sie später das Gerücht streuten, er habe jetzt endlich die Edith, die Kellnerin, mit der er schon seit Langem ein Verhältnis hatte, heiraten wollen. Mit ihr würde man sich schon einigen. Aus verlässlicher Quelle wisse sie, dass ein Sommergast mit ihr vor ein paar Jahren, als sie noch unter anderem Namen in einem Bordell in Linz arbeitete, ein paar überaus angenehme Stunden verbracht hatte. Wenn das herauskäme, könne sie Goisern verlassen und ein ruhiges Leben vergessen.

Die Männer stimmten zu, die alte Frau holte eine Schüssel mit Wasser, Lappen und Seife und wusch Gschwandtner das Blut aus den Haaren und säuberte ihm die Jeans. Dann zog sie ihm das blutbefleckte T-Shirt aus und streifte ihm ein frisches von ihrem Sohn über. Gschwandtner war noch immer bewusstlos, bekam nichts davon mit, stöhnte nur manchmal auf. Lois Gruber hatte sofort die Faust geballt, bereit, auf Kommando zuzuschlagen, aber die Alte hatte ihn stumm angeschaut und den Kopf geschüttelt.

Eine schwarze Gestalt schob sich zwischen Christian Gschwandtner und die Lichter auf dem See und riss ihm das breite Isolierband von Ohren und Mund. Ein Büschel Haare klebte am Band.

»Du warst zur falschen Zeit am falschen Ort und so dumm, nicht wegzuhören. Es wäre besser für dich gewesen, wärest du heute Abend zu Hause geblieben. Mit dir ist es wirklich ein Jammer, Bub«, sagte eine Stimme.

Gschwandtner erkannte sie als die des Alten.

»Jetzt müssen wir uns darum kümmern, dass im Ort wieder Ruhe einkehrt. Hilft ja nichts. Aber tröste dich, es wird sowieso gleich vorbei sein.«

Gschwandtner spuckte den Stoffknebel aus. »Wie meinst du das? Was wird gleich vorbei sein?«, krächzte er.

Er erhielt keine Antwort, hörte aber, wie jemand mit einer Schaufel erst einige große Kiesel vom Seeufer kratzte und dann zu graben begann. Er wollte schreien, aber eine große, schwere Hand legte sich auf seinen Mund und drückte so fest zu, dass sich seine Zähne in seine Lippen gruben. Er schmeckte Blut.

»Pass auf, dass er dir nicht erstickt, Lois«, mahnte eine Stimme.

Und wirklich, vor Gschwandtners Augen waren schon kleine Leuchtkäfer herumgeflattert, er war knapp davor gewesen, infolge Sauerstoffmangels erneut bewusstlos zu werden.

»Fertig!«, rief jemand.

Gschwandtner spürte, wie seine Wangen zusammengedrückt wurden und ihm jemand Flüssigkeit in den Mund schüttete. Er verschluckte sich, musste husten und spuckte einen Teil davon aus. Schnaps! Wieder wurde ihm der Mund brutal aufgerissen und wieder Schnaps in ihn hineingeschüttet, bis er beinahe ohnmächtig wurde.

Jemand rief: »Nicht so viel, schade um den guten Stoff!«

Plötzlich fühlte Gschwandtner, wie er und das lange Brett, an das er gefesselt war, hochgehoben wurden. Er wurde über den Boden gezogen, bis das Ende des Brettes mit einem Ruck in die Grube rutschte, die die Männer zuvor anscheinend ausgehoben hatten.

Schaufelgeräusche erklangen, dann hing Gschwandtner etwa eineinhalb Meter über dem Boden an einem Holzkreuz, einem Hochzeitskreuz, wie ihm jetzt erst bewusst wurde. Der Brauch, dass ein Bräutigam vor der Eheschließung von Lokal zu Lokal getragen wurde, war bei den Alteingesessenen im Salzkammergut immer noch Tradition. Am Ende der Sauftour, während der das Kreuz, auf dem der Heiratswillige festgebunden war, von Gasthof zu Gasthof geschleppt wurde, wurde es irgendwo auf dem Land aufgestellt, wo man den wie seine Freunde schwer betrunkenen Bräutigam nicht ohne

Weiteres finden konnte. Dann wurde die Braut verständigt, der man erst verriet, wo sich ihr zukünftiger Ehemann befand, wenn sie die gesamte Zeche bezahlt hatte.

Was soll das?, wunderte sich Gschwandtner, als er sah, wie sich die Männer rund um das Kreuz aufstellten.

Lois Gruber trat vor und stieß mit seinem klobigen Arbeitsschuh gegen das Kreuz. Es schwankte. Noch einmal krachte sein Schuh gegen das Holz, dann stemmte er sich mit beiden Händen dagegen, bis es nach hinten hin umstürzte.

Gschwandtner rechnete damit, hart aufzuschlagen, aber stattdessen kippte das Kreuz in den See. Sein Kopf tauchte unter, dann sorgte der Auftrieb dafür, dass er wieder hochkam. Er japste nach Luft, spürte, wie das Kreuz zu rutschen begann. Immer weiter glitt es in den See hinein, das Kopfende tauchte unter und versank im Wasser. Er hielt die Luft an, begann, an seinen Fesseln zu zerren. Er warf seinen Kopf hin und her, bis der Drang, Luft zu holen, unbeherrschbar wurde. Gierig atmete er ein, und ein Schwall Wasser füllte seine Lungen. Gschwandtner begann zu husten, seine Stimmritze verkrampfte sich und verhinderte, dass weiteres Wasser in seine Lungen gelangte. Er bäumte sich auf, schluckte wieder Wasser. Sein Magen rebellierte, er erbrach sich, der Stimmritzenkrampf löste sich, und er sog Unmengen von Seewasser in seine Lungen. Nach wenigen Minuten war sein Todeskampf vorbei. Eine barmherzige Ohnmacht hatte ihn vor einem Ende bei Bewusstsein bewahrt.

## 16

Als Sarah den Frühstücksraum betrat, saß Schröck mit dem Rücken zur Tür. Als hätte er ihren Blick gespürt, drehte er sich um. Sie hatte ihre langen blonden Haare zu einem Pferdeschwanz zusammengebunden und trug eine geblümte Seidenbluse unter einem hellen Blazer und einen dazu passenden Rock, der ihre sportliche Figur betonte und sie weicher erscheinen ließ.

Sie winkte, ging zielstrebig auf ihn zu und streckte ihm die Hand entgegen. Schröck, der noch an seinem Brötchen kaute, verschluckte sich beinahe und spürte, wie ihm das Blut in den Kopf schoss.

»Hallo«, sagte sie. »Wir hatten gestern keine bestimmte Zeit vereinbart, deshalb dachte ich, ich schau einfach gleich morgens bei Ihnen im Hotel vorbei.«

Als Schröck endlich die Reste seines Brötchens hinuntergeschluckt hatte, ergriff er ihre Hand. Dabei fiel ihm auf, dass sie ein wenig zitterte, genauso wie schon zuvor ihre Stimme. Nach außen hin machte Sarah jedoch einen durchaus selbstsicheren Eindruck.

»Ich will Sie natürlich nicht stören, aber haben Sie etwas dagegen, wenn ich mich zu Ihnen setze?«

Schröck, der in der unerwarteten Situation etwas verzögert reagierte, beeilte sich, ihr einen Stuhl zurechtzurücken. »Sie stören mich überhaupt nicht. Ich bin schon so gut wie fertig, und außerdem freue ich mich, Sie wiederzusehen.«

»Sie haben da etwas«, sagte Sarah und tippte mit dem Zeigefinger auf ihren linken Mundwinkel.

Automatisch imitierte Schröck Sarahs Geste, wobei sein Zeigefinger jedoch seinen rechten Mundwinkel berührte.

»Nein, auf der anderen Seite.« Sie lachte.

Und bevor Schröck noch einen weiteren Versuch unternehmen konnte, tauchte Sarahs Gesicht dicht vor seinem auf, und er spürte ihre Fingerspitze an seinem Mund.

»Jetzt ist es weg, es war nur ein Fussel von der Serviette«, sagte sie, als wäre es das Normalste auf der Welt, Schröck von Fusseln zu befreien. Dann öffnete sie ihre Handtasche, zog einen zusammengefalteten Zettel heraus und hielt ihn Schröck hin.

Er wischte sich die Hände an seiner Serviette ab. »Darf ich?«, fragte er.

Sarah nickte.

»Woher haben Sie die Nachricht?« Schröck betrachtete unverwandt den Ausdruck einer auf Englisch geschriebenen E-Mail. Sie war an Al-Madani adressiert. Das Feld für den Absender enthielt nur eine Folge von Ziffern.

»Sie war vor ein paar Wochen unter der elektronischen Geschäftspost, die ich täglich für meinen Chef durchsehe. Ich drucke alle Schreiben aus, erledige jene, die sich an seine Firmen richten, sofort und sortiere die anderen nach Dringlichkeit. Normalerweise leite ich sie dann an ihn weiter, aber wenn er in Obertraun ist, gehe ich sie jeden Vormittag persönlich mit ihm durch. Ich wusste nicht, auf welche seiner europäischen Firmen sich diese Mail bezog, also nahm ich sie zur Klärung zu unserer Besprechung mit. Als ich sie ihm zeigte, reagierte er geradezu bestürzt. Ich hatte keine Ahnung, worum es sich bei ihrem Inhalt handelte, bis ich mich im Internet schlaumachte. Zuerst war ich schockiert. Aber dann las ich, dass Polonium zwar ziemlich giftig, die Strahlung jedoch so gering ist, dass schon ein Stück Papier in der Lage ist, sie abzuschirmen. Das Isotop findet sogar in antistatischen Bürsten und Zigaretten Verwendung«, sagte Sarah.

»Wenn ich das richtig übersetze, steht da, dass der Absender zwei Antistatikgebläse-Apparate zerlegt hat, von denen jeder Polonium-210 mit einer Strahlung von einunddreißigtausendfünfhundert Microcurie enthielt. Durch sorgfältige Laborarbeit ist es ihm gelungen, das Fünfzehnfache der Menge an Polonium herauszufiltern, die einen Menschen tötet«, las Schröck.

»Genau. Es hat mir keine Ruhe gelassen, also habe ich

meinen Chef am nächsten Tag darauf angesprochen. Er hat mir bestätigt, dass er die Expertise, wie er es nannte, in Auftrag gegeben hat. Aber nur deshalb, weil man in einer seiner Firmen, die elektronische Leiterplatten erzeugt, beabsichtige, solche Gebläse zu installieren, und er keinesfalls wolle, dass die dort beschäftigten Menschen zu Schaden kämen. Da er noch hinzufügte, dass, sollte wirklich etwas passieren, sich die Schadenersatzforderungen in Millionenhöhe bewegen würden, habe ich ihm seine Besorgnis abgenommen.«

Schröck nickte bedächtig. »Und wodurch kamen Ihnen letztendlich wieder Zweifel?«

Sarah lehnte sich ihm entgegen. »Al-Madani hat vor zwei Tagen ein langes Gespräch mit Nabil geführt. Der ist ein undurchsichtiger Kerl und war vor ein paar Wochen einfach über Nacht verschwunden, obwohl er Al-Madani zuvor kaum von der Seite gewichen ist. Aber plötzlich tauchte er wieder aus der Versenkung auf, und ich fand eine Mappe auf dem Besprechungstisch. Es war die Kopie des Obduktionsberichts von einem gewissen Dr. Bechstein. Ausgestellt von der österreichischen Staatsanwaltschaft. Ich habe mich gewundert, woher mein Chef die Unterlagen hat, und hineingeschaut. Unter anderem stand da, dass Bechstein mit Polonium-210 vergiftet wurde, aber schließlich durch Einnahme eines anderen Giftes verstorben ist.«

»Und dann haben Sie sich wieder an die E-Mail erinnert?«

»Genau. Als Sie mir gestern das Foto von Dr. Bechstein gezeigt haben, wusste ich sofort, dass der Mann bei Al-Madani gewesen ist. Wie ich Ihnen gestern schon gesagt habe, hatten die beiden eine ziemlich hitzige Unterredung.«

»Und jetzt glauben Sie, dass Ihr Boss etwas mit dem Mord an Bechstein zu tun hat.«

Sie nickte stumm.

»Haben Sie sich irgendjemandem anvertraut, einer Freundin, Ihrem Mann oder jemand anderem?«

»Nein, niemandem. Mein Mann ist derzeit nicht da. Er ist geschäftlich in den USA.«

»Dann bitte ich Sie, auch weiterhin niemandem von Ihren Beobachtungen zu erzählen.«

Sarah nahm eine kleine Kuchengabel und begann mit ihr Linien auf das blütenweiße Tischtuch zu ziehen. »Glauben Sie, dass Al-Madani etwas mit dem Tod von diesem Dr. Bechstein zu tun hat?«, fragte sie ängstlich, den Blick nach unten gerichtet.

»Ich habe keine Ahnung«, sagte Schröck, auch wenn er sich nach allem, was ihm Joe Zahler bereits erzählt hatte, doch einigermaßen sicher war. Schließlich hatte Joes Informant ja angeblich gehört, wie Al-Madani den Befehl für Bechsteins Ermordung gegeben hatte. Schröck nahm sich vor, Christian Gschwandtner heute noch persönlich auf den Zahn zu fühlen. Blieb nur die Tatsache, dass nicht die Strahlenvergiftung, sondern ein Pflanzengift schuld an Bechsteins Dahinscheiden war.

»Woran denken Sie?«, fragte Sarah.

Schröck schüttelte unwillkürlich den Kopf. »Ach, nichts«, grinste er. »Ich habe nur ein paar Fakten geordnet. Sie sollten sich übrigens ein paar Tage freinehmen. Ich glaube nicht, dass Sie in akuter Gefahr sind, aber wir sollten auf Nummer sicher gehen.«

»Wir?«

»Nun ja, etwas beunruhigt bin ich schon.«

»Meinetwegen?« Sie lächelte.

»Natürlich. Wenn Al-Madani in den Mord an Bechstein verwickelt ist, dann sollten Sie vorsichtig sein.«

»Wenn sich Al-Madani in Obertraun aufhält, erwartet er von mir, dass ich ihm zur Verfügung stehe. Ich kann mir nicht einfach so freinehmen.«

»Dann sagen Sie einfach, eine Sommergrippe hätte Sie erwischt.«

»Mein Gott, Sie machen sich ja wirklich Sorgen um mich«, sagte sie und lächelte.

»Sieht fast so aus.«

»Ich werde jetzt ins Büro fahren.« Schröck wollte sie unterbrechen, aber sie brachte ihn mit einer Handbewegung zum

Schweigen. »Dann werde ich vor Al-Madani niesen und husten und mich anschließend krankmelden. Und nachdem ich neugierig bin und nicht davon ausgehe, dass Sie heute den ganzen Tag über untätig hier herumsitzen werden, treffen wir uns doch so um fünf Uhr nachmittags wieder. Vielleicht in der Hotelbar? Dann können Sie mir erzählen, was Sie herausgefunden haben. Sollte sich der Verdacht gegen meinen Chef erhärten, werde ich mich von Hallstatt und der näheren Umgebung fernhalten, wenn nicht, kann ich getrost wieder ins Büro gehen. Einverstanden?«

Schröck war einverstanden, sehr einverstanden sogar. Sarah gefiel ihm mehr und mehr, nicht nur ihr Äußeres, auch die Art, mit der sie die Dinge anpackte, selbst wenn sie sie persönlich betrafen, und dass sie nicht in Panik verfiel, wie Schröck es schon bei vielen anderen Frauen erlebt hatte. Und der Blick, mit dem sie ihn ansah, gefiel ihm ganz besonders. »Darf ich das behalten?«, fragte Schröck und winkte mit der ausgedruckten E-Mail.

»Natürlich.«

Schröck stand auf, und sie reichten einander die Hand, wobei Schröck den Eindruck hatte, dass Sarah seine ein wenig länger als nötig festhielt.

»Dann bis heute Nachmittag«, sagte sie.

Er spürte, wie ihm wieder heiß wurde. Diese Frau sprach etwas ganz Bestimmtes in ihm an, was ihn angesichts der noch sehr frischen Trennung von Silvia überraschte. Er schaute Sarah nach, bis sie den Frühstücksraum verlassen hatte, trank seinen Orangensaft aus und machte sich auf den Weg.

Am Hotelempfang stand die junge Rezeptionistin, die Schröck schon den Ortsplan gegeben hatte, hinter dem Tresen. Davor lehnte einer der Kellner – Schröck hatte ihn vorhin gesehen, als er das Büfett nachgefüllt hatte. Neben ihm standen eine Frau in Tracht mit einer Mappe in der Hand und ein uniformierter Polizist. Alle vier machten ein besorgtes Gesicht. Sie grüßten ihn wie auf Kommando, schauten dann aber gleich wieder in eine andere Richtung.

Neugierig geworden, ging Schröck hinüber und stellte sich dazu. »Guten Morgen«, sagte er. Der Polizist kam ihm bekannt vor. Schröck erinnerte sich, dass ihm der große hagere Mann um die fünfzig schon zu Beginn seiner ersten Erkundungsspaziergänge im Ort aufgefallen war. Der Beamte hatte ihn eine Weile verfolgt, unbemerkt, wie er selbst sicher gedacht hatte. Schröck hatte ihn in dem Glauben gelassen. »Ist was passiert?«, fragte er beiläufig.

Die Frau hinter dem Tresen lächelte gequält, die andere in Tracht schaute ihn erstaunt an, bevor sie schnell den Kopf schüttelte.

Nur der Polizeibeamte nickte. »Ist schon in Ordnung«, sagte er zu der Frau mit der Aktenmappe, nahm Schröck zur Seite und reichte ihm die Hand. »Bezirksinspektor Gamsjäger. Ja, es ist etwas passiert. Und nur zu Ihrer Kenntnis: Ich weiß, wer Sie sind. Wir wurden von Ihrer Anwesenheit informiert.« Er zwinkerte ihm zu.

Schröck war nicht weiter erstaunt, das zu hören. Es entsprach durchaus den Gepflogenheiten der österreichischen und deutschen Behörden, dass sie sich gegenseitig darüber informierten, wenn sie im Hoheitsgebiet der jeweils anderen ermittelten. Auch war es nicht unüblich, dass sie sich dabei auf die Finger schauten. In Fällen wie diesem, bei dem es, wie es schien, keinesfalls zu bilateralen Problemen kommen konnte, hielten sich die Gastgeber zumeist diskret im Hintergrund. So konnten die Agenten des Nachbarlandes ungestört ihrer Arbeit nachgehen. Dennoch kam es manchmal sehr wohl innerhalb der internationalen Kollegenschaft zu Eifersüchteleien, die in einigen Fällen sogar in handfesten Auseinandersetzungen mündeten. Unter diesen Voraussetzungen war Schröck umso verwunderter darüber, dass der Mann ihn so freundlich ansprach.

»Was ist geschehen?«, fragte er.

»Es gab schon wieder einen Todesfall. Sie verstehen, dass solche Vorkommnisse bei uns normalerweise nicht an der Tagesordnung sind.«

»Ein Verbrechen?«, fragte Schröck erstaunt.

»Ich glaube eher an grob fahrlässige Körperverletzung mit Todesfolge. Aber ich bin mir sicher, dass es nichts mit Ihrem Fall zu tun hat«, sagte der Beamte. »Trotzdem werden sich die Medien wie die Geier darauf stürzen. Gerade wenn so etwas bei uns im Salzkammergut passiert. Im Grunde halten sie uns doch für Hinterwäldler. Manche sind aber auch wirklich Deppen, ich sag es Ihnen. Die Kreuzigungen könnten sie wirklich langsam mal sein lassen. Nicht jede Tradition muss man weiterführen.« Gamsjäger seufzte.

Schröck schaute ihn fragend an.

»Sie haben wieder einmal einen Bräutigam gekreuzigt. Ist wohl diesmal aus dem Ruder gelaufen«, sagte der Beamte.

»Was?«, entfuhr es Schröck.

»Das Kreuzigen ist hier Brauch. Früher war es das jedenfalls«, fügte er schnell hinzu. »Und wieder einmal ist dabei ein Mann ums Leben gekommen.«

Schröck war verwirrt. Die Kreuzigung war vor ein paar tausend Jahren eine ziemlich verbreitete Art der Bestrafung gewesen, die bekanntlich auch ihr prominentestes Opfer nicht überlebt hatte, aber dass sie immer noch praktiziert wurde, war ihm nicht bekannt gewesen.

Gamsjäger erkannte Schröcks Verwirrung und erklärte ihm den seltsamen Hochzeitsbrauch näher. Er fügte hinzu, dass diesem immer seltener nachgegangen werde und in den letzten Jahren nur Schnapsleichen und Gott sei Dank keine echten das Resultat gewesen seien. Aber nun sei es wieder passiert, und alle seien schockiert. Gerade auch deshalb, weil der Gschwandtner Christian als ehemaliger Skirennfahrer in der Gegend bekannt war wie ein bunter Hund.

Bei Schröck klingelten die Alarmglocken. Er wusste sofort, wo er den Namen schon einmal gehört hatte.

»Kennen Sie ihn auch?«, fragte der Polizist überrascht, als ihn Schröck wissend ansah.

»Nicht direkt«, erwiderte Schröck. »Wo ist es passiert?«

»Hinten in Lahn am Badestrand.«

Schröck ging schnell zur Rezeption hinüber. »Kann ich bitte noch einmal einen Ortsplan haben?«, fragte er die Rezeptionistin. Nachdem er sich von ihr auch noch den Stift ausgeliehen hatte, der auf dem Tresen lag, hielt er dem Polizisten beides unter die Nase. »Würden Sie so freundlich sein, die Stelle, an der Sie den Toten gefunden haben, einzuzeichnen? Ich möchte mich vor Ort ein wenig umsehen, wenn Sie nichts dagegen haben.«

Der Polizist nickte. »Mache ich gerne. Wenn Sie wollen, können Sie mich aber auch gleich begleiten.« Er warf einen Blick auf seine Armbanduhr. »Meine Kollegen haben den Auffindeort bereits gesichert und weitläufig abgesperrt. Vermutlich ist dort gerade die Hölle los. Wie gesagt, die Presse und die Schaulustigen ... Die Spurensicherung und die Kollegen vom Landeskommando müssten auch schon dort sein.«

»Na, dann lassen Sie uns gehen«, sagte Schröck. Er hatte es plötzlich eilig.

# 17

Für den Beamten Gamsjäger war es ein bedauerlicher Unfall. Gschwandtner sei Opfer der Traditionen geworden, wie er sich ausdrückte. Aber Schröck glaubte nicht an Unfälle und tödliche Traditionen, schon gar nicht, wenn in unmittelbarer Nachbarschaft bereits vor Kurzem ein Mord geschehen war.

Der Polizist hatte mit seiner Vorahnung recht gehabt. Er musste sogar mehrmals die Polizeisirene aufheulen lassen, um den Wagen durch die Menge der Schaulustigen und die Gruppe der Journalisten und Kamerateams zu lenken. Ein Beamter, der den Parkplatz vor dem Badeplatz bewachte, hob das Absperrband hoch und ließ sie passieren.

Gamsjäger stieg aus, und Schröck folgte ihm. Vom Ufer hatte man einen wunderschönen Ausblick auf den See und die Häuser von Hallstatt. In einiger Entfernung ankerten zwei der traditionellen kastenartigen Fischerboote, sogenannte Plätten oder Traunerl. Im flimmernden Gegenlicht konnte Schröck einen Mann erkennen, der aufrecht in seinem Boot stand und mit einem Feldstecher in seine Richtung schaute.

Das Team der Spurensicherung hatte eine große Plane an zwei Aluminiumstangen befestigt, um den Schaulustigen den Blick auf den Fundort zu nehmen. Zwei Polizisten standen schwitzend in voller Montur links und rechts vom Sichtschutz und bewachten die Absperrung.

»Er gehört zu mir«, sagte Gamsjäger, hob seine Polizeikappe und wischte sich über die Stirn, als sein Kollege ihn fragend ansah und mit dem Kopf Richtung Schröck deutete.

Der Beamte ließ sie passieren.

Die Spurensicherung hatte bereits die Arbeit aufgenommen.

Zuerst konnte Schröck nur ein langes Holzbrett und zwei gekreuzte Beine erkennen. Ein Mann im weißen Plastikoverall hockte bei dem Verstorbenen und verstellte die Sicht.

Als er sich erhob, gab er den Blick auf den Toten frei. Er war eindeutig ertrunken. Sein Gesicht war aufgedunsen, der Mund stand halb offen, und um seine Lippen herum hatte sich ein Schaumpilz gebildet, eine weißliche Masse. Schröck hatte Ähnliches bereits bei frischen Wasserleichen gesehen. Der Schaumpilz war eines der äußeren Kennzeichen für den Tod im Wasser, trocknete jedoch bald wieder ein und ließ sich später nur mehr als Spuren nahe Mund und Nase nachweisen. Schröcks väterlicher Freund, Dr. Streinz, der Leiter der Münchner Gerichtsmedizin, der eigentlich Silvias Chef war und dessen Job sie nach seiner Pensionierung wohl übernehmen würde, hatte ihm das anlässlich eines ähnlichen Leichenfundes vor einiger Zeit in aller Ausführlichkeit erklärt. Bei einer postmortalen Untersuchung war es üblich, das Lungenvolumen des Verstorbenen zu prüfen. War er durch Ertrinken ums Leben gekommen, so waren die Lungenbläschen durch Flüssigkeit stark gedehnt und es hatten sich Emphyseme gebildet. Füllte man den Mageninhalt in ein Glasgefäß um, so bildete sich das Wydler-Zeichen heraus. Zuoberst schwammen dann die schaumartigen Partikel, in mittleren Bereich befand sich Wasser, und am Boden des Gefäßes trieben die festen Bestandteile. Streinz hatte ihm das bei einem ihrer Restaurantbesuche völlig emotionslos erklärt. Indizien für Ertrinken fanden sich auch im Lungenfell. Durch die verzweifelten Atembewegungen bildeten sich stecknadelkopfgroße Blutungen, die man als Petechien bezeichnete. Schröck hatte sich den Namen deshalb gemerkt, weil die alte Hexe im Nebenhaus seiner Kindheit ebenso mit Nachnamen geheißen hatte. Wann immer sie als Kinder im Sommer vor ihrem Küchenfenster gespielt hatten, hatte sie sie mit einem Gartenschlauch angespritzt, um sie zu verjagen.

Der junge Mann lag da wie eine Puppe. Sein Gesicht war blutleer, die Haare klebten ihm auf der Stirn, seine Hände und Füße waren an ein Holzkreuz gebunden.

»Und?«, fragte Gamsjäger den Mann, der bis vor Kurzem

neben dem Toten gehockt war, als er bei ihm vorbeiging. Er trug eine abgewetzte Arzttasche in der Hand und zerrte an seinem Plastikoverall, der bei der Hitze die Wirkung einer finnischen Ein-Personen-Sauna haben musste.

»Schaut nach saublödem Unglück aus.«

»Verletzungen?«

»Sowieso. Aber hast du schon einmal von einer vorhochzeitlichen Sauftour gehört, bei der es keine blauen Flecken gegeben hat?«

»Sie meinen also wirklich, es war ein Unfall?«, fragte Schröck nach.

Gamsjäger antwortete, als ihn der Mann von der Spurensicherung fragend anschaute. »Ein deutscher Kollege.«

»Ich stell mir das so vor«, sagte der Forensiker, nachdem er es endlich geschafft hatte, sich von seinem Overall zu befreien. »Erst wurde der arme Kerl von seinen Freunden ans Kreuz gebunden, dann sind sie mit ihm durch den Ort gezogen, haben gesoffen und ihm auch ordentlich Alkohol eingeflößt, wie es beim Poltern halt üblich ist. Und als sie gut bedient waren, haben sie ihn ans Seeufer zum Auslösen gebracht. Vielleicht waren sie zu betrunken, um das Kreuz ordentlich einzugraben, vielleicht hat der Untergrund auch nach einiger Zeit nachgegeben. Jedenfalls dürfte das Kreuz nach hinten umgefallen und der arme Kerl so im Wasser gelandet sein. Er hatte keine Chance, ist hilflos ertrunken. Es war großes Pech, denn der See ist so nah am Ufer nicht besonders tief.« Er zuckte mit den Schultern. »Aber was soll's? Es soll schon Leute gegeben haben, die in einer Pfütze ertrunken sind. Wenn ihr mich jetzt bitte entschuldigt. Ich muss noch einen Bericht schreiben, und das mache ich bei der Hitze am liebsten in meinem klimatisierten Büro.«

»Eine dumme Sache«, sagte Gamsjäger.

Doch Schröck hörte ihm nicht mehr zu. Ein Stück weiter oben auf dem Parkplatz hatte er einen Mann erblickt, der ihm zuwinkte. Schröck blinzelte im Gegenlicht und erkannte Joe Zahler. »Entschuldigen Sie mich bitte«, sagte er an Gamsjäger gewandt. »Ich glaube, ich habe genug gesehen. Vielen Dank fürs Mitnehmen.«

»Soll ich Sie denn nicht wieder in den Ort zurückfahren?«

»Nein, danke, ich habe schon eine andere Mitfahrgelegenheit gefunden.«

Schröck kletterte schnell die Böschung hinauf und lief dann wieder ein Stück seewärts.

Joe wartete schon auf ihn. »Ich habe mich sofort auf den Weg gemacht, als ich davon gehört habe. Stimmen die Gerüchte, dass es der Christian Gschwandtner ist?«

Schröck nickte. »Er ist ertrunken.«

»Verdammt! Hab ich es mir doch gedacht«, sagte Joe und schlug sich mit der Faust in seine flache Hand. »Jetzt haben sie also auch ihn umgebracht. Mein Gott, der arme Chrissie!«

»Schaut auf den ersten Blick aber nicht so aus«, sagte Schröck.

»Wie meinst du das?«, fragte Joe erstaunt. »Es wird doch niemand so dumm sein, zu glauben, dass er in der Nacht mit einem Kreuz auf dem Rücken eine Runde im See geschwommen und dabei untergegangen ist, oder?«

»Angeblich war es ein Unfall. Dein Freund ist Opfer eines sogenannten Hochzeitsbrauches geworden, einer Kreuzigung.«

»So ein Unsinn! Der Christian hat doch gar nicht vorgehabt zu heiraten.«

»Bist du dir da ganz sicher?«

»Allerdings. Das hätte er mir mit Sicherheit erzählt.«

»Das wäre dann allerdings sehr interessant«, sagte Schröck nachdenklich. »Macht es dir etwas aus, wenn wir zurück nach Hallstatt fahren? Ich muss ein paar Telefonate führen.«

# 18

Schröck war ehrlich verblüfft: Nach nur zwei Freizeichen hatte er Klaus Heinrich am Telefon. Anders als sonst, wenn es schien, als müsste er ihn erst daran erinnern, an welchem Fall er gerade überhaupt dran war, war Heinrich diesmal sofort bei der Sache. Er hörte aufmerksam zu, als Schröck ihm berichtete, und sagte dann: »Das deckt sich ungefähr mit dem, was auch wir mittlerweile herausgefunden haben.«

»Ihr habt Beweise dafür, dass Al-Madani mit dem Tod von Bechstein zu tun hat?«, fragte Schröck erstaunt.

»Das nicht gerade, aber wenn es so wäre, würde es mich nicht wundern. Wir haben den nach außen hin so sauberen Herrn Dr. Bechstein ganz diskret unter die Lupe genommen und sind ungefähr zu den gleichen Ergebnissen gekommen wie du. Der gute Mann hat über die Jahre mit seinem Nebenjob als Waffenlobbyist eine Menge Kohle gemacht. Mittlerweile ist man in der Firma der Meinung, dass er bekommen hat, was er verdiente. Ob ihn Al-Madani oder jemand anderer auf dem Gewissen hat, ist nicht mehr von Belang. Es würde zwar niemand öffentlich zugeben, aber ich glaube, dass auch das Ministerium ziemlich erleichtert darüber ist, dass der Herr Konsul nicht mehr unter den Lebenden weilt. So fällt wenigstens kein schlechtes Licht auf die Republik. Bechstein war bei der Wahl seiner Geschäftspartner nicht gerade zimperlich. Man munkelt sogar, dass die von ihm vermittelten Waffen in Bürgerkriegsgebieten und beim sogenannten IS gelandet sind.«

»Na super!«

»Wir sind der gleichen Meinung«, sagte Heinrich, »und werden uns deshalb nicht mehr in die Sache einmischen. Bechstein ist in Österreich verstorben, also sollen sich die Österreicher darum kümmern. Ich schätze, dass die Angelegenheit seinen Tod betreffend bald schon zu den unaufgeklärten Fällen gelegt werden wird, weil auch unsere Nachbarn kein Interesse daran haben werden, viel Zeit in die Sache zu investieren. Trotzdem werden wir ihnen aus Kulanz alles, was du über Al-Madani herausgefunden hast, zukommen lassen. Aber mal ehrlich: Wer hat so jemanden schon gerne als Sommergast? Wie heißt es doch? Eierdiebe sperrt man ein, aber wer die Henne klaut, kommt zumeist ungeschoren davon.« Heinrich lachte.

Schröck schwieg. Er dachte an den jungen Mann, den er vor wenigen Stunden am Ufer des Sees liegen gesehen hatte, und daran, dass die Polizei von einem Unfall ausging. Irgendwie passte das ganz und gar nicht zu dem, was er im Sinn gehabt hatte, als er damals Polizist geworden war. Der oder die Mörder, er wusste ja nicht, ob es einer oder mehrere waren, sollten keinesfalls ungestraft davonkommen. Es blieben ohnehin immer mehr Verbrechen ungeklärt und speziell solche, die politisch motiviert waren oder bei denen viel Geld eine Rolle spielte. In diesem Fall gab es zumindest einen Verdächtigen und damit auch die Chance auf Aufklärung. »Macht es dir etwas aus, wenn ich hier noch ein wenig weitermache?«, fragte Schröck und hörte, wie sich Heinrich räusperte.

»Was soll das bringen? Bechstein ist tot. Sogar seine chinesischen Freunde haben, als sie hörten, mit wem er zu Lebzeiten Geschäfte gemacht hat, aufgehört, auf eine Ermittlung zu insistieren. Und unsere Leute wollen alles, was mit ihm im Zusammenhang steht, mit ihm begraben.«

»Was ist mit dem Mann, der ertrunken ist? Der, von dem ich dir gerade erzählt habe?«

»Mein Gott, Michael, du bist nicht mehr im Polizeidienst! Lass die anderen die Arbeit machen. Und Al-Madani kann sowieso niemand festhalten, der hat einen Diplomatenpass. Wenn es dem zu heiß wird, haut er einfach ab. Vergiss die Sache und fahr wieder nach Hause.« Heinrich klang verärgert.

Schröck war seine Reaktion egal. »Dann bleibe ich eben auf eigene Kosten da.«

»Wie du meinst«, sagte Heinrich. »Der offizielle Teil ist hiermit jedenfalls für dich erledigt. Auf die Hilfe von unserem Dienst kannst du in diesem Fall nicht mehr zurückgreifen. Dann wünsche ich dir noch einen schönen Urlaub. Denke bitte daran, ihn in der Verwaltung anzumelden, damit alles seine Ordnung hat. Und Michael, wenn ich dir einen Rat geben darf: Vergiss den Fall. Sentimentalitäten gleich welcher Art können wir uns in unserem Geschäft nicht leisten.« Klaus Heinrich trennte die Verbindung.

Schröck setzte sich auf sein Hotelzimmerbett, dachte einen Moment nach und wählte dann Joes Nummer. Dieser war gleich, nachdem er Schröck im Hotel abgeliefert hatte, zu seinem Großvater gefahren, um ihm die Nachricht vom Tod Gschwandtners zu überbringen. Er sollte es nicht aus der Zeitung erfahren, hatte er ihn doch von klein auf gekannt.

Schröck bat Joe, zu ihm zu kommen, sobald er seinen Großvater wieder alleine lassen könne. Er wolle mit ihm besprechen, was als Nächstes zu tun sei.

Joe reagierte höchst erfreut und erwiderte, dass er jetzt wirklich das Gefühl habe, Schröck würde ihn in seine Ermittlungsarbeit miteinbeziehen.

Aber was bleibt mir angesichts dessen, dass ich von nun an keine Hilfe mehr von der Firma zu erwarten habe, auch anderes übrig?, fragte sich Schröck.

Er würde sich im Umfeld Gschwandtners umschauen, wobei ihm Joe mit Sicherheit behilflich sein könnte. Sollte er tatsächlich auf etwas stoßen, wusste er ja jetzt, an wen er sich wenden konnte: an Bezirksinspektor Gamsjäger. Er würde versuchen, den Kontakt zu diesem zu intensivieren.

Schröck nahm seinen Zimmerschlüssel und wollte sich gerade auf den Weg in die Lobby machen, als das Zimmertelefon läutete. Es war Sarah Kienberger. Sie wisse schon, dass sie vereinbart hätten, einander erst um siebzehn Uhr zu treffen, aber sie müsse unbedingt schon früher mit ihm reden.

»Wann könnten Sie hier sein?«, fragte Schröck.

»Ich stehe unten am Empfang.«

»Dann bin ich gleich bei Ihnen«, sagte Schröck und legte auf.

Als er die Eingangshalle betrat, stand Sarah mit dem Rücken zu ihm vor der großen Glasfront und schaute auf den See hinaus. Sie trug keinen Pferdeschwanz mehr, das helle Haar fiel ihr locker und offen über die Schultern. Als Schröck sich ihr näherte, drehte sie sich um, als hätte sie seinen Blick gespürt.

»Hallo«, sagte sie und lächelte ihn an. »Ich hoffe, ich störe Sie nicht. Aber ich wollte keine Zeit verlieren.« Ihr Lächeln wich einem besorgten Ausdruck.

»Kommen Sie«, sagte Schröck. »Lassen Sie uns hinüber ins Restaurant gehen, dort können wir ungestört reden.«

Sie stimmte zu. Bis zum Gastraum waren es nur ein paar Schritte. Schröck hielt Sarah die Tür auf, sie trat ein. Außer dem Kellner, der sich am Gläserspüler zu schaffen machte, war niemand im Raum. Um diese Zeit waren die meisten Hotelgäste auf Ausflügen unterwegs oder hatten sich in die schattigen Gastgärten am See zurückgezogen.

Sie wählten einen Tisch am Fenster. Nach fünf Minuten tat der Kellner so, als hätte er sie gerade erst bemerkt, und kam zu ihnen. Sie bestellten zwei kleine Bier, und nachdem die Getränke serviert worden waren, schaute Schröck Sarah fragend an.

»Haben Sie davon gehört?«, fragte sie. »Es hat wieder einen Todesfall gegeben.«

Schröck nickte. »Eine tragische Sache. Ich war mit einem Polizeibeamten bereits draußen am Unglücksort.« Er machte eine Pause. »Und ich bezweifle, dass es das war – ein Unglück.«

»Das war es auch nicht«, sagte Sarah verschwörerisch und beugte sich dabei so weit zu Schröck vor, dass er ihren Atem spüren konnte. »Nach unserem Gespräch von heute Morgen wollte ich mich eigentlich wie geplant krankmelden und dafür beim Vormittagstermin die Leidende spielen. Aber dazu kam es nicht. Al-Madani ließ mir durch einen seiner Männer ausrichten, dass unser tägliches Meeting ausfallen würde. Der Chef sei zu beschäftigt, die Post könne getrost bis morgen warten. Ich gebe zu, ich war nach unserer Unterhaltung etwas irritiert und hatte vor, die Villa so schnell wie möglich wieder zu verlassen. Als ich mich bei Al-Madani abmelden wollte und an der Bibliothek vorbeikam, stand die Tür halb offen. Ich hörte Männerstimmen, es wurde Deutsch gesprochen. Außer dem jungen Mann, der manchmal für meinen Chef Besorgungen im Ort übernimmt und für ihn übersetzt, waren noch seine Leibwächter und zwei andere Personen im Zimmer. Ihrem Dialekt nach waren es Österreicher. Der Wortführer, ich konnte ihn nur kurz sehen, forderte Al-Madani auf, das Land zu verlassen, da man sich sonst gezwungen sähe, Schritte gegen ihn einzuleiten. Er trat sehr amtlich auf, einmal fiel sogar das Wort ›Innenministerium‹.«

Schröck verkniff sich ein Grinsen. Die Österreicher hatten also keine Zeit verloren, und Heinrich hatte sich getäuscht: Sie kehrten die Sache nicht diskret unter den Tisch, sondern gingen in die Offensive, indem sie Al-Madani mehr oder weniger diskret aus dem Land komplimentierten.

Sarah schaute Schröck fragend an.

»Entschuldigen Sie bitte, fahren Sie fort, ich musste nur gerade an etwas denken.«

»Der Mann war ziemlich aufgebracht. Er sagte, es sei ihm egal, was es mit Bechsteins Tod auf sich habe, aber wenn unbescholtene österreichische Staatsbürger zu Schaden kämen, weil sie durch Zufall in die Schusslinie internationaler Interessen gerieten, höre der Spaß auf. Ich hatte den Eindruck, dass Al-Madani bis zu diesem Zeitpunkt keinen Schimmer davon hatte, dass dieser Skifahrer, der Gschwandtner, tot war. Der eine Österreicher meinte zwar, dass Al-Madani nicht so tun solle, als wüsste er nicht, dass sein Angestellter tot sei, und dass er ihm leider nichts beweisen könne, er jedoch vermuten würde, dass Gschwandtner etwas aufgeschnappt hatte und deshalb sterben musste. Daraufhin platzte Al-Madani der Kragen.

Ich kenne ihn, das war keine Show, die er abgezogen hat. Er brüllte herum und schwor bei Allah, dass er denjenigen, der seinen Caretaker auf dem Gewissen hat, zur Rechenschaft ziehen würde. Und dass er im Übrigen auch an Bechsteins Tod völlig unschuldig sei. Er verbiete sich derartige Unterstellungen. Er werde den saudischen Kronprinzen unverzüglich von der inakzeptablen Haltung der österreichischen Administration ihm gegenüber informieren. Man könne sich sicher sein, dass es zu einer diplomatischen Protestnote kommen werde. So lasse er sich nicht behandeln.«

»Und wie hat der Österreicher darauf reagiert?«, fragte Schröck.

»Ziemlich gelassen. Er meinte nur, Al-Madani solle sich wieder einkriegen. Er würde ihm seine Empörung ohnehin nicht abnehmen. Und im Übrigen sei er nur inoffiziell zu ihm gekommen, gleichsam in beratender Funktion. Al-Madani solle sich seine Worte zu Herzen nehmen und ernsthaft in Erwägung ziehen, nach Hause zu fahren und dort zu bleiben – zumindest so lange, bis Gras über die Sache gewachsen sei. Man dürfe die Verbindungen Österreichs, selbst wenn es sich um ein verhältnismäßig kleines Land handele, nicht gering schätzen. Ein neutraler Staat habe viele Freunde und desgleichen auch wohlgesonnene Informanten in allen Lagern. Er sei sich nicht sicher, wie der besagte Kronprinz reagieren würde, wenn er von Al-Madanis Geschäften erfahre, die die ideologischen Grenzen sprengten. Daraufhin wurde Al-Madani ziemlich kleinlaut und sagte, er werde den Vorschlag prüfen. Im Sinne der Gerechtigkeit ersuche er jedoch, alles daranzusetzen, den Tod seines Hausmeisters aufzuklären. Dann verabschiedeten sich die Männer, und ich musste meinen Lauschposten so schnell wie möglich verlassen.«

»Wie es aussieht, hat Ihr Boss zwar ordentlich Dreck am Stecken, aber mit Gschwandtners Tot wirklich nichts zu tun. Was jedoch den Mord an Dr. Bechstein betrifft, steht er immer noch auf der Liste meiner Verdächtigen«, sagte Schröck.

»Dazu muss ich Ihnen auch noch etwas erzählen«, sagte Sarah.

»Bitte«, erwiderte Schröck.

»Nachdem die beiden Österreicher gegangen waren, hat Al-Madani Nabil zu sich beordert. Wenig später hat er mich zu sich gerufen und damit beauftragt, für Nabil den nächsten Flug nach Riad zu buchen. Er benötige seine Dienste hier nicht mehr. Ich habe die Gelegenheit wahrgenommen und mich krankgemeldet.«

Schröck war hellhörig geworden. »Haben Sie den Flug für Nabil schon gebucht?«

Sarah nickte. »Ja, das habe ich trotzdem noch gemacht. Er fliegt um zwanzig Uhr fünfundfünfzig von München über London und sollte kurz vor elf Uhr vormittags in Riad landen.«

»Und wann, denken Sie, wird er sich auf den Weg nach München machen?«, fragte Schröck.

Sie warf einen Blick auf ihre Armbanduhr. »Jetzt ist es kurz nach eins. Zwei Stunden vor dem Abflug sollte er spätestens am Flughafen sein, die Fahrzeit von hier nach München beträgt etwa drei Stunden. Wenn man davon ausgeht, dass Al-Madani ihn mit dem Auto hinbringen lässt, denke ich, dass er gegen halb vier Uhr Obertraun verlassen wird. Vielleicht auch früher.«

»Dann könnte es noch reichen«, sagte Schröck mehr zu sich selbst als zu Sarah.

»Was haben Sie vor?«

»Ich habe da einen Bekannten und vermute stark, dass er Nabil noch ein paar Fragen stellen will, bevor er sich aus dem Staub macht.«

Sarah sah ihn irritiert an.

»Mehr dazu erzähle ich Ihnen später«, sagte Schröck, bevor sie noch etwas fragen konnte. Und dann, er wusste selbst nicht, woher er in diesem Moment die Courage nahm, fragte er sie, ob er sie zum Abendessen einladen dürfe. Als er sah, dass sie zögerte, fügte er schnell hinzu: »Wenn Sie allerdings zurück nach Bad Ischl müssen, verstehe ich das natürlich.«

Zu Schröcks Erleichterung schüttelte sie den Kopf und zuckte mit den Schultern. »Bei mir ist sowieso niemand zu Hause. Um welche Zeit wollen wir uns treffen?«, fragte sie bestimmt.

»Würde es Ihnen so um acht, halb neun passen?«

»Sagen wir, neun?«

»Gern«, sagte Schröck. »Kennen Sie ein Restaurant in der Gegend, in dem man gut essen kann?«, fragte er. Sarah machte einen ziemlich entschlossenen Eindruck auf ihn, damit hatte er wahrhaftig nicht gerechnet.

Sie nannte ihm die Namen von ein paar Restaurants im Ort. Als sie Schröcks ratlosen Blick sah, lächelte sie und meinte, sie werde sich schon darum kümmern. Sie erhob sich und reichte ihm zum Abschied die Hand. »Dann bis neun. Ich rufe Sie vorher noch an und sage Ihnen, wo ich einen Tisch bekommen habe.« Sarah zog eine Visitenkarte aus ihrer Handtasche und hielt sie ihm hin. »Hier ist meine Nummer, falls Ihnen etwas dazwischenkommt oder Sie es sich doch noch anders überlegen.« Sie schaute ihm direkt in die Augen, und Schröck bekam weiche Knie.

»Das glaube ich nicht. Ich meine, ich glaube nicht, dass etwas dazwischenkommen wird«, sagte er und nahm das Kärtchen an sich. Dann zog er rasch sein Portemonnaie aus der Tasche und gab ihr eine seiner Visitenkarten.

»Gut«, sagte sie, und diesmal lächelte sie nicht. Stattdessen schaute sie ihn prüfend und, wie es Schröck schien, auch ein wenig ängstlich an. Dann drehte sie sich um und verließ das Restaurant.

Schröck wartete kurz, dann trat auch er hinaus ins Freie. Er sah Joe schon von Weitem. Er überragte die meisten Touristen, die sich auf dem Landungsplatz vor dem Hotel versammelt hatten und darauf warteten, dass die Ausflugsschiffe anlegten, um Kopflänge. Als Sarah auf Joes Höhe war, drehte sie sich um und winkte Schröck zum Abschied zu. Schröck winkte zurück.

»Woher kennst du die Frau? Ich habe dich jetzt schon das zweite Mal mit ihr gesehen«, fragte Joe Schröck, als er neben ihm stand.

»Ich habe sie gestern bei einer Bootsfahrt auf dem See zufällig kennengelernt«, sagte Schröck.

»Und es ist natürlich auch purer Zufall, dass du sie vor Al-Madanis Haus abgesetzt hast?« Joe grinste.

»Ist es tatsächlich. Wie hätte ich denn wissen können, als ich sie kennenlernte, dass sie für ihn arbeitet?«

»Stammt sie aus der Gegend, oder gehört sie zum Personal von Al-Madani, das ihn immer begleitet?«

»Sie ist aus Bad Ischl. Und jetzt hör auf damit, mir ein Loch in den Bauch zu fragen. Wichtig ist, was sie mir gerade anvertraut hat.« Schröck erzählte Joe von dem Gespräch, das sie belauscht hatte. »Vielleicht hat Al-Madani Bechstein auf dem Gewissen, aber mit dem Tod von Christian Gschwandtner hat er mit großer Wahrscheinlichkeit nichts zu tun«, beendete er seinen Bericht.

»Und wie geht es jetzt weiter? War's das etwa?«, fragte Joe und machte ein unzufriedenes Gesicht.

»Es gäbe noch eine kleine Chance, etwas mehr Licht in die Sache zu bringen.«

»Und wie?«, fragte Joe, der Schröcks unschlüssigen Blick bemerkt hatte.

»Das Vorgehen wäre nicht ganz legal, und wenn du nicht willst, können wir es auch vergessen.«

»Was hast du vor? Jetzt sag schon.«

»Einer von Al-Madanis Leuten fliegt heute Abend um neun von München nach Riad zurück. Wenn wir ihn vorher noch befragen könnten –«

»Dann machen wir das doch!«, rief Joe. »Was hält uns davon ab?«

»Ich gehe davon aus, dass er nicht allein zum Flughafen unterwegs ist. Vermutlich fährt ihn einer von Al-Madanis Männern. Wenn wir von Nabil – so heißt der Mann – etwas erfahren wollen, müssen wir uns schon etwas ganz Besonderes einfallen lassen. Und zwar in zweifacher Hinsicht. Wir müssen ihn von seinen Begleitern isolieren und ihn unter Druck setzen, denn freiwillig wird er uns bestimmt nichts erzählen. Ich kann mir vorstellen, dass es ihm nicht gefallen würde, sollte Al-Madani Wind davon bekommen, dass er etwas ausgeplaudert hat. Keine leichte Aufgabe also und, wie ich schon sagte, illegal. Ohne Nötigung, die in meiner Heimat mit drei Jahren Freiheitsentzug bestraft wird, wird es nicht abgehen. Ihr Österreicher habt es da besser. Soweit ich weiß, muss man hier deswegen nur für ein Jahr ins Gefängnis.« Schröck verzog seine Lippen zu einem Grinsen.

»Was soll's? Hast du schon einen Plan?«

## 19

»Scheiße, scheiße, scheiße, scheiße!«, jammerte der dicke Wilfried und lief dabei im Kreis. Dann hielt er inne und lehnte sich kopfschüttelnd an seinen weißen VW-Kastenwagen, auf dem eine überdimensionale Semmel, ein Laib Brot und ein sogenanntes Ischler-Kipferl abgebildet waren. Angesichts seiner Körperfülle gaben die Federn des Wagens ein wenig nach. Wilfried vergrub sein Gesicht in seinen Händen, bevor er sich ein paar Sekunden später wieder aufrichtete. »Wir haben den Gschwandtner umgebracht, ist euch das eigentlich klar?«, rief er.

»Ich an deiner Stelle würde das noch etwas lauter hinausposaunen. Denkst du vielleicht mal daran, dass dich jemand hören könnte? Und dann wären wir wirklich geliefert«, rief ihn Ludwig, der Fischer, zur Vernunft.

»Wer sollte ihn denn schon hören? Glaubst du wirklich, dass sich bei der Hitze jemand die Mühe macht, hier heraufzukommen?«, sagte Markus, der auf seinem Handy herumspielte, ohne den Kopf zu heben.

»Das war von Anfang an klar: Der fette Tanzbär kann einfach nicht den Mund halten«, zischte Lois Gruber, der an der bemoosten Steinmauer vor der Kalvarienbergkapelle stand.

Plötzlich war das Knattern eines Mopeds zu hören, das sich die steile Straße hinaufplagte.

»Da hast du es. Von wegen, um diese Zeit und in dieser Hitze kommt hier keiner rauf«, sagte Ludwig.

Lois Gruber richtete sich auf und hielt sich die Hand vor die Stirn, um den Neuankömmling besser erkennen zu können. Die Anspannung fiel von ihm ab. »Er ist es«, sagte er und ließ sich wieder gegen die Mauer fallen.

Der Mann kletterte umständlich von seinem alten Moped und pflanzte sich vor der Gruppe der Männer auf. »Ich hab euch vorbeifahren gesehen. Gibt es einen besonderen Grund für diese Versammlung? Ich hab euch doch schon gesagt, dass ihr euch ganz normal verhalten und ein wenig auf Distanz gehen sollt. Von einem Treffen war keine Rede.«

»Der Wilfried hat uns angerufen und rumgeheult, er müsse unbedingt mit uns reden«, antwortete Ludwig.

»Ist etwas passiert? Hat dich jemand wegen Gschwandtner ausfragen wollen?« Der Mann schaute Wilfried scharf an, der den Blick senkte und den Kopf wie ein bockiges Kind schüttelte.

»Was dann? Red schon!«

Der Bäcker, der die ganze Zeit über in der prallen Sonne gestanden hatte, streckte sich durch. Sein schweißnasses Hemd klebte an seinem gewaltigen Bauch. Mit seinem fast bartlosen Gesicht sah er aus wie ein zu groß geratener Schuljunge, der sich trotzig gegen seinen Lehrer auflehnt. »Mein Gewissen lässt mich nicht zur Ruhe kommen. Das ist alles so …«, er rang nach den richtigen Worten, »so seltsam, so unwirklich. Wie in einem Film, aber in einem, in dem ich selber mitspielen muss.«

»Was redest du bloß für dummes Zeug!«, rief Lois Gruber.

»Unterbrich ihn nicht«, sagte der Mann mit dem Moped ruhig und nickte Wilfried auffordernd zu.

»Ich hab doch noch nie im Leben jemanden umgebracht. Und den Gschwandtner haben wir seit unserer Kindheit gekannt. Außerdem konnten wir uns doch gar nicht sicher sein, dass er mitgehört hat, worüber wir am Stammtisch geredet haben. Und selbst wenn: Wahrscheinlich hätte ihm das ohnedies keiner geglaubt.« Wilfried blickte in den Himmel, zwinkerte mehrfach.

»Und was willst du jetzt tun? Tot ist tot«, sagte Ludwig.

»Wenn ich es doch nicht weiß!«, rief Wilfried, und seine Stimme klang dabei so gequält, als litte er körperliche Schmerzen.

»Jedenfalls hoffe ich schwer, dass du nicht vorhast, uns zu verpfeifen.«

»Ich glaube, du bist einfach nur müde. Du musst dich

ausruhen. Sicher bist du heute schon um ein Uhr früh in deiner Backstube gestanden. So wie du ausschaust, bist du seither noch nicht zur Ruhe gekommen. Ihr anderen macht euch jetzt wieder auf den Weg. Wobei … Lois? Du bleibst bitte noch kurz da, ich muss unter vier Augen mit dir reden.« Der Mann schob sein Moped zu Lois Gruber hinüber, der immer noch an der Mauer stand.

Markus, der die ganze Zeit über kein Wort gesprochen hatte, nickte, steckte sein Mobiltelefon weg, ging grußlos zu seinem Wagen und fuhr weg.

Wilfried trabte zur Fahrerseite seines Busses und wollte einsteigen, als der Mann mit dem Moped ihn bat, doch noch ein wenig zu warten. Ludwig hatte bereits seinen Wagen gestartet und fuhr los.

Die beiden Männer wechselten an der Kirchenmauer ein paar Worte, Lois Gruber zuckte mit den Schultern, dann nickte er, und sie verabschiedeten sich mit Handschlag.

Der andere startete sein Moped und fuhr los. Er winkte Wilfried beim Vorbeifahren noch zu, bevor er im Wald verschwand.

»Wiedersehen, Lois!«, rief Wilfried halbherzig und streckte seinen von der Hitze hochroten Kopf aus dem Autofenster.

»Jetzt hau schon ab!«, herrschte Lois Gruber ihn an und hatte es plötzlich ziemlich eilig, zu seinem Auto zu kommen, einem alten beigen Land Rover. Er hatte ihn vor einigen Jahren einem Mann aus der Gegend billig abgekauft, der damit sogar schon in Afrika unterwegs gewesen war. Der Wagen wies zwar einige Beulen und Schrammen auf, war aber ansonsten noch gut in Schuss. Auf dem Heck prangte ein Aufkleber mit der Aufschrift »Sahara«. Lois hatte ihn kleben lassen, weil er den Eindruck vermittelte, als wäre der Fahrer ein weit gereister Abenteurer. Lois selbst bestätigte diese falsche Annahme durch sein verwegenes Aussehen. In Wirklichkeit war er aus Österreich noch nicht groß hinausgekommen.

Lois Gruber folgte Wilfried in einigem Abstand. Er hatte

keine Angst, ihn aus den Augen zu verlieren, nachdem er wusste, wohin er wollte. Es traf sich gut, sie hatten beide denselben Weg nach Hause: zurück nach Bad Goisern. Die Hallstätter Landesstraße war nur mäßig befahren. Wer nicht unbedingt musste, vermied es an diesem schwülen Sommernachmittag, im Auto zu sitzen. Nur wenige Wagen, vorwiegend solche mit ausländischen Kennzeichen, kamen Lois entgegen. Vermutlich Touristen, die ein schattiges Plätzchen am See ergattern wollten.

Kurz nach der Abzweigung auf die Pass-Gschütt-Straße betätigte Lois die Lichthupe und setzte, als Wilfried nicht sofort reagierte, zum Überholen an. Auf gleicher Höhe mit ihm fuchtelte er wild mit den Händen, bedeutete Wilfried, sofort anzuhalten, und ließ sich dann wieder zurückfallen.

Der Bäcker fuhr noch ein Stück geradeaus weiter und bog dann an der Bushaltestelle Hallstatt-Gosaumühle ab. Gleich dahinter gab es einen Parkplatz mit Seezugang. Hier wimmelte es nur so von Touristen, die sich am Kiosk neben der Haltestelle für ein Getränk oder einen Imbiss anstellten. Ihre Badetücher lagen unten am Seeufer, wo sie gedachten, den heißen Sommertag zu verbringen. Den Wagen des Bäckers nahmen sie nur unbewusst wahr. Später konnte niemand der Polizei gegenüber genaue Angaben darüber machen, seit wann der Bus auf dem Parkplatz gestanden hatte.

Lois Gruber wies Wilfried an, seinen Lieferwagen in den Schatten einer der beiden Hütten am Straßenrand zu fahren. Er selbst parkte sein Auto an der Ausfahrt des Parkplatzes und schlenderte dann zu Wilfried hinüber. Der Bäcker wollte aussteigen, aber Gruber gab ihm ein Zeichen, im Auto zu bleiben. Er würde zu ihm kommen. Gruber schaute sich um, doch die Menschen in der Warteschlange am Getränkekiosk waren nur daran interessiert, endlich an die Reihe zu kommen. Von ihnen unbeachtet ging er zu Wilfrieds Auto, öffnete die Beifahrertür und stieg ein.

»Was ist denn jetzt schon wieder los?«, fragte Wilfried genervt. Nachdem er den Motor abgestellt und die Klimaanlage zu arbeiten aufgehört hatte, war die Temperatur im Inneren des Transporters sofort wieder auf über dreißig Grad gestiegen. Wilfried wischte sich mit einem großen Stofftaschentuch den Schweiß von der Stirn.

»Wir müssen reden«, sagte Gruber.

»Jetzt plötzlich? Ich habe euch doch schon gesagt, wie ich über die Sache denke. Ihr wolltet nichts davon wissen.«

»Nimm doch endlich Vernunft an, Wilfried. Wenn du das mit Gschwandtner jemandem erzählst, sind wir geliefert. Jeder von uns. Für den Mord gehen wir ins Gefängnis, auch du. Willst du das?«

Die Gesichtsfarbe des Bäckers wechselte von Hellrot zu Magenta. »Natürlich bin ich nicht scharf darauf, aber was soll ich denn machen? Ich kann doch nicht ein Leben lang mit dem Wissen herumlaufen, dass wir jemanden umgebracht haben. Noch dazu jemanden, den wir alle gut kannten, der zusammen mit uns zur Schule gegangen ist. Das ertrage ich einfach nicht.«

»Aber du machst es auch nicht wieder ungeschehen, indem du zur Polizei rennst und alles erzählst.«

»Das nicht, aber …« Wilfried japste aufgeregt nach Luft.

Gruber stieß einen Seufzer aus. »Mein Gott, du bist vielleicht ein Depp. Du hast es nicht anders gewollt.«

Bevor Wilfried noch nachfragen konnte, was Lois Gruber damit gemeint hatte, griff der in die Messertasche seiner Lederhose, zog seinen Hirschfänger heraus und rammte ihn Wilfried in den Hals. Die Klinge bohrte sich durch den Kehlkopf und durchtrennte die Stimmbänder. Wilfried starrte ihn entgeistert an.

Gruber riss ihm das große Taschentuch aus der Hand, das er immer noch fest umklammert hielt, zog das Messer wieder aus dem Hals des Bäckers und drückte dessen Kopf brutal gegen das Lenkrad des Busses, während er den Stoff gegen Wilfrieds Hals presste, damit kein Blut entweichen konnte und er daran ertrank. Der Bäcker bäumte sich auf, aber Lois Gruber hielt ihn mit stählernem Griff fest. Nach und nach füllten sich Wilfrieds Lungen mit Blut, er wurde ohnmächtig, seine Hände zuckten und hingen schließlich schlaff an seiner Seite herunter.

Gruber gab Wilfrieds Hals frei und blieb noch eine Weile neben dem Regungslosen sitzen. Emotionslos schaute er zu, wie der rote Saft seines Opfers auf den Autoteppich tropfte und sich eine stetig größer werdende dunkle Pfütze bildete. Erst als Gruber ganz sicher war, dass Wilfried nicht mehr lebte, stieg er aus dem Transporter, ging zu seinem Wagen und fuhr in aller Seelenruhe weg.

## 20

Schröck streckte sich auf dem komfortablen Sitz von Joes Audi und grinste. »Hier drinnen ist es aber angenehm kühl.«

»Wieso auch nicht? Motor und Klima laufen. Ist das bei deinem Auto anders?«, fragte Joe.

»Hm.« Schröck kratzte sich an der Stirn. »Ich bin mir nicht ganz sicher, aber ich glaube, es war kurz nach der Jahrtausendwende, als die Klimaanlage meines Wagens beschlossen hat, nur dann zu funktionieren, wenn es ihr gefällt.«

Joe schaute Schröck ungläubig an, der mit den Schultern zuckte und eine Grimasse zog.

Schröck mochte den jungen Mann. Irgendwie erinnerte er ihn an sich selbst, als er noch jung gewesen war und gerade die Polizeiakademie überstanden hatte. Den Kopf bis oben voll mit Vorschriften und der Vorstellung, dass jeder Fall auch eine Frage der persönlichen Ehre war. Er hatte einige Zeit gebraucht, bis er begriff, wie der Hase lief und dass Recht und Gerechtigkeit zwei sehr entfernte Verwandte waren.

Joe saß auf der Fahrerseite und ließ Al-Madanis Villa keinen Moment aus den Augen. Schröck hatte ihn angewiesen, in einer Seitenstraße mit Sicht auf die Einfahrt zu parken. Seit einer halben Stunde warteten sie nun schon, es wollte einfach nichts passieren. Einmal war ein Taxi in die Straße eingebogen, und sie hatten schon gedacht, es sei für Nabil bestellt, aber es hielt nicht an.

»Lange kann es nicht mehr dauern«, sagte Joe und warf einen Blick auf seine Armbanduhr. »Wenn er seinen Flug nicht versäumen will, muss er sich bald auf den Weg machen.«

Schröck nickte und zeigte kurze Zeit später zum Garagentor hinüber: Es fuhr langsam nach oben. Ein Wagen rollte im Rückwärtsgang aus der Garage, wendete und fuhr los. Als er sie passierte, konnte Schröck zwei Männer erkennen: einen großen auf dem Fahrersitz und daneben einen kleineren, auf den Sarahs Beschreibung passte.

Joe wartete auf Schröcks Zeichen, dann folgte er dem Wagen in gebotenem Abstand, genauso, wie es ihm Schröck nahegelegt hatte.

Am Hallstätter See entlang fuhren sie auf die B 162, über die Salzach und schließlich bei Golling auf die Tauernautobahn. Nabils Fahrer hielt sich exakt an die Geschwindigkeitsbeschränkungen, und Schröck musste Joe einige Male darauf aufmerksam machen, dass er zu dicht aufgefahren war. Doch weder Nabil noch dessen Fahrer schienen Verdacht zu schöpfen.

»Was hast du jetzt vor?«, fragte Joe.

»Wir müssen sie dazu bringen, anzuhalten. Am besten an einer etwas abgeschirmten Stelle«, sagte Schröck.

»Und wie soll das auf der Autobahn funktionieren? Ich denke nicht, dass die beiden vor dem Flughafen noch eine Pause machen werden.«

»Dann müssen wir sie eben dazu zwingen«, sagte Schröck und schaute angestrengt aus dem Fenster.

»Aber wie?«

»Warte ab. Ich denke, wir werden die Kerle ein wenig provozieren.« Schröck zog seine Brieftasche aus der Hosentasche und kippte sich Kleingeld in die Hand.

»Willst du sie etwa mit den paar Münzen bestechen, anzuhalten?«

»Ganz genau«, sagte Schröck. »Jetzt kannst du zeigen, was in deinem Auto steckt. Überhole sie und lass sie dann wieder näher kommen. Hast du das Schild für den nächsten Parkplatz gesehen?«

Joe nickte, ohne den Blick von der Straße zu nehmen.

»Bis dahin sind es noch ungefähr fünf Kilometer. Wir fahren dort raus.«

»Und wie werden sie darauf reagieren?«

»Glaub mir, die werden uns ganz sicher folgen.«

Joe zuckte mit den Schultern und gab Gas. Als sie Al-

Madanis Wagen überholt hatten, nickte Schröck ihm zu, und Joe ließ sich zurückfallen. Bevor der Fahrer des anderen Autos zum Überholen ansetzen konnte, ließ Schröck die Fensterscheibe heruntergleiten, beugte sich aus dem Fenster und warf die Hand voll Kleingeld nach hinten. Die Münzen prasselten auf die Karosserie und die Windschutzscheibe von Al-Madanis Wagen. Sofort setzte ein zorniges Hupen ein, das jedoch abrupt wieder erstarb. Schröck wusste sogleich, warum. Auf der Fahrerseite hatte sich im Fenster ein hässlicher Sprung gebildet, der sich in Windeseile zu einem undurchsichtigen Kreis auswuchs. Der Fahrer stieg auf die Bremse, dann schlingerte der Wagen, fing sich wieder und rollte schließlich auf den Pannenstreifen zu.

»Fahr rechts ran!«, wies Schröck Joe an.

Joe bremste. »Sag mal, waren in deinem Kleingeld auch Stahlkugeln?«, fragte er.

Schröck verzog das Gesicht. »Kann sein, dass ein paar Zwei-Euro-Münzen dabei waren.«

Joe scherte auf den Pannenstreifen aus, legte den Rückwärtsgang ein und fuhr mit quietschenden Reifen zurück. Sie hielten an, und Schröck war mit einem Satz aus dem Auto und lief zur Fahrertür von Al-Madanis Wagen. »Schnapp dir den anderen!«, rief er Joe zu, der keine Sekunde gezögert hatte und ihm gefolgt war.

»Sind Sie denn total verrückt?«, brüllte der Fahrer und wollte die Tür öffnen.

Aber Schröck lehnte sich dagegen, sodass er keine Chance hatte. Zufrieden registrierte er den österreichischen Dialekt des Mannes. Er war also keiner von Al-Madanis Leibwächtern. Schröck zog seinen BND-Ausweis aus der Tasche und hielt ihn dem Mann durch das offene Seitenfenster unter die Nase. »Bundesnachrichtendienst«, sagte er streng. »Sie befinden sich auf deutschem Bundesgebiet. Bleiben Sie im Wagen, dann haben Sie nichts zu befürchten. Wir interessieren uns nur für Ihren Fahrgast.«

Der Mann machte nicht den Eindruck, als würde er

Widerstand leisten. »Wer bezahlt die Scheibe?«, fragte er nur und schien zufrieden zu sein, als Schröck ihm sagte, dass seine Behörde das mit Al-Madani persönlich regeln würde.

Mittlerweile hatte Joe Nabil unsanft aus dem Wagen gezerrt. Der kleine Mann hatte sich mit Händen und Füßen gewehrt und lautstark geschimpft, aber Joe hatte ihn schließlich so fest an Genick und Arm gepackt, dass sich sein Gezeter in schmerzerfülltes Jammern verwandelte.

»Setz ihn in den Wagen«, gab Schröck Joe Anweisung.

»Würden Sie so liebenswürdig sein, mir kurz Ihr Mobiltelefon zu überlassen?«, wandte sich Schröck sodann wieder dem Fahrer zu.

Der zog das Handy aus seiner Tasche, zögerte aber, es Schröck zu geben. »Was wollen Sie damit?«

Statt ihm zu antworten, griff Schröck unvermittelt ins Wageninnere und nahm ihm das Telefon aus der Hand. Er wollte unbedingt verhindern, dass der Mann seinen Chef verständigte. »Das ist vorläufig beschlagnahmt«, sagte er trocken. Damit drehte sich Schröck um und folgte Joe, der Nabil gerade in seinen Wagen verfrachtete. Er drehte ihm die Hände auf den Rücken und legte ihm Plastikhandfesseln an.

»Woher hast du die denn?«, fragte Schröck erstaunt.

»Hast du vergessen, dass ich Personenschützer bin? Die gehören zu meiner Standardausrüstung.« Als er Nabil an Händen und Füßen gefesselt hatte, setzte sich Joe wieder ans Steuer. »Was jetzt?«

»Jetzt fährst du bei der nächsten Ausfahrt raus, und wir suchen uns ein nettes Plätzchen, an dem uns niemand stört und wo wir uns in aller Ruhe mit dem Herrn auf dem Rücksitz unterhalten können.« Schröck hatte betont leise und mit einem bedrohlichen Unterton gesprochen. Die Taktik wirkte. Nabil wurde blass.

Joe fuhr langsam los, blinkte und reihte sich wieder in den fließenden Verkehr ein. Al-Madanis Fahrer ließen sie sprachlos auf dem Seitenstreifen zurück.

## 21

»Seid ihr denn komplett verrückt geworden?« Ludwig raufte sich die Haare.

Knapp eine Stunde nach Lois Grubers Mord an Wilfried hatte der Kioskbetreiber an der Hallstattmühle den Toten gefunden und die Polizei alarmiert. Wenig später wussten ganz Hallstatt und Umgebung Bescheid.

Für Ludwig gab es keinen Zweifel, dass Wilfrieds Tod mit seinem panischen Verhalten an der Kalvarienbergkapelle in Zusammenhang stand und der Alte und Lois dafür verantwortlich waren. Nachdem er davon erfahren hatte, hatte er sich ins Auto gesetzt und war zu Lois Gruber gefahren. Ludwig hatte ihn und den Alten angetroffen, die sich darüber lustig gemacht hatten, dass Ludwig so außer sich war. Lois hatte gar nicht erst abgestritten, Wilfried umgebracht zu haben. Er hatte nur mit den Schultern gezuckt und gesagt: »Er war selbst schuld.« Der Alte hatte genickt, die Wohnung verlassen, war auf sein Moped gestiegen und weggefahren.

»Du bist es doch, der spinnt. Ich kann doch nicht zulassen, dass mich jemand an die Polizei verpfeift. Das ist das Gesetz der Natur. Jeder kämpft für seine Interessen und um sein eigenes Überleben«, sagte Lois.

Als Ludwig den irren Blick in Lois' Augen sah, wusste er, dass er der Nächste sein würde, sollte er sein Misstrauen erwecken.

Lois Gruber schlug sich mit der flachen Hand auf die Stirn. »Glaubst du vielleicht, es hat mir Spaß gemacht? Der Wilfried war schon mein Freund, als wir noch so klein waren.« Er machte ein Zeichen mit der Hand.

Ludwig riss sich zusammen. »Was du getan hast, war sicher richtig«, sagte er kleinlaut und senkte den Kopf.

»Du willst uns aber jetzt doch nicht verraten, oder?«, fragte Lois Gruber argwöhnisch.

»Warum sollte ich? Ich will genauso wenig wie du ins Gefängnis gehen. Ich bin Fischer. Wenn ich nicht jeden Tag auf meinen See hinausfahren kann, gehe ich schlichtweg ein«, sagte Ludwig und bemühte sich, dabei überzeugend zu klingen.

Lois Gruber betrachtete ihn einen Moment lang, und Ludwig dachte schon, er hätte ihm sein Theater nicht abgenommen, aber dann brach er in hysterisches Lachen aus, packte ihn mit beiden Händen am Kopf und zog ihn zu sich. »Natürlich nicht! Du würdest uns nie verraten, hängst ja selbst mit drin. Außerdem bist du einer von uns. Wir sind hier geboren und lassen es nicht zu, dass die unser Land verschandeln. Alles wird verbaut, begradigt und kaputt gemacht. Aber nicht mit uns!«

Ludwig wand sich aus Lois' Griff und nickte. Er klingt schon so wie der Alte, dachte er.

»Und jetzt fährst du nach Hause«, sagte Gruber, »am Freitag treffen wir uns wieder beim Stammtisch, und bis dahin verhalten wir uns ruhig. Hast du verstanden?«

Ludwig nickte. Nur schnell weg von hier! Aber nach Hause würde er nicht fahren.

# 22

»Was wollt ihr von mir? Ich habe mir nichts zuschulden kommen lassen. Ich bin saudischer Staatsbürger, das ist Kidnapping!«, zeterte Nabil, der in der letzten Kurve, die Joe etwas rasanter genommen hatte, in eine höchst unbequeme Stellung zwischen Rückbank und Vordersitze des Audi gerutscht war. Er zerrte an seinen Fesseln und schimpfte abwechselnd auf Arabisch und Deutsch.

Sie ignorierten ihn einfach. Schröck deutete schweigend nach vorn, und Joe lenkte den Wagen auf einen schmalen, ungeteerten Weg, der in einen kleinen Buchenhain führte. Nach etwa fünfhundert Metern hielten sie an. Joe stellte den Motor ab, stieg wortlos aus und zerrte Nabil aus dem Auto.

Der drahtige Araber rief laut um Hilfe, verstummte jedoch augenblicklich, als ihm Joe eine kräftige Ohrfeige verpasste.

»Wenn du noch einmal schreist, gebe ich dir wirklich einen Grund dazu«, sagte Joe leidenschaftslos, packte Nabil, der nun auf dem Waldboden kauerte, und lehnte ihn mit dem Rücken ans Auto.

Schröck pflanzte sich vor ihm auf. »Du wirst uns jetzt erzählen, was du mit dem Tod an Bechstein zu tun hast. Und keine Ausflüchte. Wir wissen, dass du darin verstrickt bist.«

»Von mir erfahrt ihr gar nichts«, sagte Nabil und kniff die Lippen zusammen.

Joe ballte die Hände zu Fäusten und machte einen Schritt auf ihn zu, aber Schröck hielt ihn zurück.

»Ist dir eigentlich bewusst, dass wir dich ohne viel Aufhebens von der Bildfläche verschwinden lassen können?«, fragte er. »Aber ich denke, das wird nicht einmal notwendig sein. Sollte dein Boss erfahren, dass du ihn bei der Einvernahme durch den BND schwer belastet hast, ist er sicher nicht begeistert. So wie ich ihn einschätze, kann er sehr nachtragend sein. Also, was ist?«

Nabil schüttelte den Kopf.

»Letzter Versuch«, sagte Schröck. »Wer hat den Konsul auf dem Gewissen?«

»Wir haben damit nichts zu tun«, stieß Nabil hervor.

»Wir? Du willst mir jetzt nicht ernsthaft einreden, dass weder du noch Al-Madani darin verwickelt seid?«

»Ist aber so«, sagte Nabil knapp.

Schröck schaute ihn prüfend an. »Glaubst du wirklich, dass ich dir den Mist abkaufe?«

Nabil zuckte mit den Schultern. »Tun Sie es, oder lassen Sie es bleiben. Für mich spielt das ohnehin keine Rolle mehr. Sie mussten dem Fahrer ja unbedingt Ihren Ausweis zeigen.« Abfällig verzog er sein Gesicht. »Er wird Al-Madani darüber informieren, wer mich entführt hat. Mein Chef traut niemandem. Selbst wenn Sie mich laufen ließen, würde er mich aufspüren und bestrafen lassen.«

»Auf Verrat steht der Tod, nicht wahr?«

Nabil nickte.

»Dann schlage ich dir einen Deal vor. Du sagst mir alles, was du weißt, und ich verspreche, dir im Gegenzug eine neue Identität zu verschaffen. Glaub mir, das ist eine unserer leichtesten Übungen.« Schröck fiel auf, dass Nabils Blick immer wieder von ihm abschweifte und sich auf Joe richtete. Nackte Angst stand in seinen Augen.

»Was ist mit ihm?«

Schröck schaute zu Joe hinüber. »Er tut dir nichts. Er würde nur allzu gern wissen, wer den Mann umgebracht hat, den er beschützen sollte.«

Nabil stieß ein unnatürliches Lachen aus. »Sie wissen scheinbar gar nichts.«

Schröck warf Joe einen Blick zu. Der war offenbar ebenso ratlos wie er. »Ich habe keine blasse Ahnung, was du meinst«, sagte Schröck.

»*Allah yusaeiduni*, er ist doch einer von denen!«, schrie Nabil plötzlich. »Er wird uns beide ermorden!« Er machte Anstalten, aufzuspringen. Aber als Joe einen Schritt auf ihn zuging, gab er sein Vorhaben wieder auf und hob stattdessen die Hände über den Kopf.

»Warum sollte er das tun? Und zu wem soll er gehören?«, fragte Schröck.

»Na, zu dieser Gruppe. Das sind Nationalisten, die wollen, dass alle Ausländer von hier verschwinden.«

Plötzlich war das Geräusch eines sich nähernden Fahrzeugs zu hören. »Ruhe jetzt!«, zischte Schröck Nabil an, der sofort verstummte. Wenig später kam ein Polizeiauto in Sicht und steuerte direkt auf sie zu.

»Schneid ihn los!«, rief Schröck Joe zu, der sofort sein Messer aus der Tasche zog und Nabils Fesseln durchtrennte.

Der Wagen hielt an, ein Beamter stieg aus, die Hand an seiner Waffe, sein Kollege blieb hinter dem Lenkrad sitzen. Nachdem er sich vorgestellt hatte, erkundigte er sich bei Schröck, was vor sich ging. Der Beamte war noch jung und augenscheinlich bemüht, möglichst cool zu wirken.

Schröck kannte das Verhalten aus der Zeit, als er selbst ein junger Polizist gewesen war. Damals hatte es noch kein spezielles Training gegeben, in dem einem beigebracht wurde, wie man seine Unsicherheit überspielte. Allem Anschein nach war der Mann, der vor ihm stand, ziemlich unsicher. Er sah aus, als erwartete er, dass sich entweder Schröck oder Joe jeden Moment auf ihn stürzen würde.

Als der Blick des jungen Mannes Nabil streifte, der noch immer schwer atmend an Joes Wagen lehnte, kam er offenbar zu dem Schluss, dass ihm zwei Schlepper in die Hände gefallen waren. Er löste den Sicherungsclip am Holster. »Treten Sie vom Wagen zurück. Können Sie sich ausweisen? – Langsam, bitte«, fügte er hinzu. Seine Stimme zitterte.

Demonstrativ hielt Schröck Zeige- und Mittelfinger hoch, bevor er mit ihnen langsam sein Portemonnaie aus der Gesäßtasche zog. Er klappte es auseinander, nahm seinen Dienstausweis heraus und hielt ihn dem Beamten hin. »Michael Schröck, Bundesnachrichtendienst. Werfen Sie ruhig einen Blick drauf.«

Sichtlich erleichtert nahm der Beamte die Hand von der Pistole, drehte sich kurz um und gab seinem Kollegen im Auto ein Zeichen der Entwarnung. Dann griff er nach Schröcks Ausweis, prüfte ihn und streckte die Hand aus, um ihn wieder zurückzugeben. Im selben Moment stürmte Nabil los. Er war schon am Polizeiauto vorbei, bevor der Beamte im Wagen begriff, was passierte. Der kleine wendige Mann wich Joe, der sich ihm in den Weg gestellt hatte, geschickt aus und rannte dann in hohem Tempo den Weg zur Hauptstraße zurück.

»Toll gemacht«, sagte Schröck.

»Tut mir echt leid.« Der junge Beamte machte ein betretenes Gesicht. »Sollen wir die Verfolgung aufnehmen oder eine Alarmfahndung anfordern?«

»Lassen Sie es gut sein. Bis dahin ist er über alle Berge. Außerdem liegt kein konkreter Tatverdacht vor. Wir hatten gerade erst damit begonnen, ihn zu befragen, als Sie eintrafen.« Schröck sah, dass der Blick des jungen Polizisten an den Resten von Nabils Kunststofffesseln haftete, die auf dem Boden lagen. »Ich glaube, es wäre uns allen geholfen, wenn Sie das, was eben vorgefallen ist, für sich behielten.«

Der Beamte nickte, stieg zu seinem Kollegen in den Wagen, wechselte ein paar Worte mit ihm, ließ das Fenster herunter und winkte Schröck zu. »Dann mal gute Weiterfahrt und nichts für ungut.«

»Mensch, wir waren so knapp dran, echt ärgerlich«, sagte Joe, als die Polizisten außer Sichtweite waren.

Schröck nickte, war mit seinen Gedanken aber woanders. Die Frage, was Nabil damit gemeint hatte, als er sagte, dass Joe auch zu »dieser Gruppe« gehöre und er deshalb Angst um sein Leben habe, beschäftigte ihn. Er trat ein Stück zur Seite und wählte Klaus Heinrichs Nummer. Wie gewöhnlich ging nur die Mobilbox ran. Schröck sagte sein Sprüchlein auf und dass er noch ein paar Tage in Hallstatt bleiben werde, auf etwas gestoßen sei und er, auch wenn er offiziell im Urlaub sei, die Hilfe der Firma benötige. Dann gab er eine Personenbeschreibung von Nabil durch. Dass ihn die Polizei erwischen würde, glaubte Schröck nicht. Außerdem wusste er nicht einmal dessen Familiennamen, sodass eine richtige Fahndung unmöglich war. Und selbst wenn man ihn zufällig erwischte: Da kein begründeter Tatverdacht vorlag, würde man ihn nur kurz unter einem Vorwand festhalten können.

»Lass uns nach Hallstatt zurückfahren. Und währenddessen erzählst du mir, von welcher Gruppe dieses Wiesel gesprochen hat, der du angeblich angehören sollst«, sagte Schröck und warf einen Blick auf seine Armbanduhr.

Joe fuhr los, machte den Mund aber nicht auf.

»Was verschweigst du mir? Zu welcher subversiven Vereinigung gehörst du, von der du mir noch nichts erzählt hast?«

Joe wollte schon empört protestieren, als er bemerkte, dass Schröck breit grinste.

»Also gut«, sagte Joe, »jetzt hast du es ja schon herausgefunden: Ich gehöre einer Gruppe fundamentalistischer Salzkammergutbewohner an, deren Stammbaum bis zum berühmten ›Mann im Salz‹ aus der Eisenzeit zurückreicht. Wir sind die ›Hallstattzeit-Assassinen‹ und kämpfen gegen die Einflussnahme fremdländischer Kulturen auf den Fettgehalt unseres Schweinsbratens.«

»Und die Droge, die euch immun gegen Schmerzen macht, ist Steinsalz?«, lachte Schröck.

»Du hast es erfasst«, sagte Joe ernst.

»Aber jetzt Spaß beiseite: Hast du irgendeine Idee, was der Kerl damit gemeint haben könnte?«

Joe schüttelte den Kopf. »Keinen blassen Schimmer. Glaubst du ihm, wenn er sagt, dass er und Al-Madani unschuldig sind?«

Schröck wiegte nachdenklich den Kopf. »Sicher bin ich mir natürlich nicht, aber er klang, als könnte es stimmen. Und so, als wüsste er mehr über den Mord am Konsul.«

»Hängen die Morde an Christian Gschwandtner und Wilfried Leitner denn deiner Meinung nach mit dem an Dr. Bechstein zusammen?«

Schröck zuckte mit den Schultern. »Keine Ahnung.« Und was, wenn ich mit meinen bisherigen Ermittlungen völlig falschlag und wirklich jemand anderes für die Bluttaten verantwortlich ist?, dachte er und hatte kein gutes Gefühl dabei.

# 23

Al-Madani hatte sie angerufen und zu sich gebeten. Als Sarah Kienberger sein Büro betrat, das vollgestopft mit einer Mischung aus Salzkammergut-Antiquitäten und arabischen Kissen war, saß ihr Chef in voller Montur hinter seinem Schreibtisch. Hielt er sich in Obertraun auf, trug er normalerweise westliche Kleidung. Heute aber hatte er nicht nur seinen Thwab, das traditionelle weiße Gewand, angelegt, sondern trug auch noch seine Kufiya, das Tuch mit dem Agal, der Halteschnur, auf dem Kopf. Mit einer ausladenden Geste lud er Sarah ein, sich zu setzen. Al-Madani sprach gemeinhin Englisch mit seinem Personal, eine Ausnahme stellten seine Leibwächter dar, die ausnahmslos Araber waren. Redete er mit Sarah, flocht er nicht ohne Stolz immer wieder deutsche und mitunter sogar Dialektwörter ins Gespräch ein.

Sie spielte immer mit und honorierte seine Bemühungen, die ihm sonst so fremde Kultur anzuerkennen, mit einem wohlwollenden Blick, den er huldvoll zur Kenntnis nahm. Desgleichen verhielt es sich, wenn Al-Madani einen weiteren Bauernkasten oder ein anderes ländliches Utensil seiner Sammlung hinzufügte: Sarah begutachtete es sodann und hob dessen Authentizität lobend hervor.

Al-Madani hatte als junger Mann in Großbritannien studiert und lebte, was sein Frauenbild betraf, in zwei grundverschiedenen Welten gleichzeitig. Während er in seiner Heimat die dort übliche ablehnende Haltung der männlichen Bevölkerung gegenüber den Freiheiten der westlichen Frauen unterstützte, zeigte er sich außerhalb der Emirate liberal. Die Haltung fiel ihm nicht einmal sonderlich schwer, weil er sich im Endeffekt nur dafür interessierte, was ihm Erfolg und Ansehen versprach: Macht und Einfluss. Seine liebsten Spielfiguren waren dabei Menschen aus Fleisch und Blut. Die Demütigungen, die ihm die beiden österreichischen Beamten zugefügt hatten, indem sie ihn unter Druck setzten und ihm nahelegten, das Land zu verlassen, hatten ihn tief verwundet. Sein Ego erlaubte ihm nicht, sich anderen unterzuordnen und das Feld zu räumen.

Nachdem sein unerfreulicher Besuch gegangen war, hatte er einen hohen Beamten im Wiener Außenministerium angerufen, der ihm noch einen Gefallen schuldig war. Er hatte ihn bei einer der regelmäßig stattfindenden Pilgerfahrten von österreichischen Delegationen nach Saudi-Arabien kennengelernt. Bei Veranstaltungen dieser Art machten Politiker, Beamte und Unternehmer Werbung für österreichische Maschinen, pharmazeutische Produkte, Möbel und Fruchtsäfte. Al-Madani hatte aus einer Laune heraus Stimmung für Österreich gemacht, so waren sie in Kontakt gekommen.

Sein Ansprechpartner im Außenministerium hatte am Telefon gesagt, dass er sich gerne revanchieren würde. Er könne jedoch nicht beim Innenministerium insistieren, weil ihm die Hände gebunden seien, solange man ihn, Al-Madani, mit dem Tod eines Konsuls in Verbindung brächte. Besäße Al-Madani allerdings die Größe, die De-facto-Demütigung durch die beiden Beamten zu ignorieren und die Behörden, egal ob die deutschen oder die österreichischen, man arbeite ohnehin eng zusammen, mit Informationen über diverse Vorgänge im Nahen Osten zu versorgen, könne er sogar mit einer Entschuldigung des Ministeriums und natürlich mit der uneingeschränkten Gastfreundschaft des österreichischen Staates rechnen.

Das klang gut, weshalb Al-Madani heute auch ganz saudiarabischer Staatsmann war und dies zum Ausdruck brachte, indem er Sarah Kienberger, als sie, um sich endlich offiziell krankzumelden, noch einmal in die Villa kam, gleichsam als Sachverständige in Sachen Behördenkontakte um Rat bat. »Meine liebe Sarah, wie Sie wissen, schätze ich Ihre Dienste ungemein, sie sind für mich unerlässlich. Ihr finanztechnisches Geschick und die Professionalität, mit der Sie in meiner Abwesenheit meine Geschäfte führen, sind bewundernswert.«

Er beugte sich zu ihr vor. »Ich denke an einen für Sie angemessenen Bonus, um mich erkenntlich zu zeigen.«

»Vielen Dank, aber wie komme ich plötzlich zu der Ehre?«, fragte Sarah mit ziemlich argwöhnischer Stimme. Al-Madani überwies ihr monatlich ein mehr als angemessenes Gehalt, Bonuszahlungen hatte sie bislang noch nie erhalten. »Ich hoffe, Ihnen ist bewusst, dass ich nichts Ungesetzliches tun werde.«

Al-Madanis Reaktion hätte jedem Schmierenschauspieler zur Ehre gereicht. Er lehnte sich in seinem Schreibtischstuhl zurück, verdrehte die Augen nach oben, als bäte er Allah, ihn unverzüglich zu ihm zu rufen, hätte er etwas Unehrenhaftes im Sinn. Mit einer Hand auf seiner Brust rief er: »Aber natürlich, Sarah! Sie sind die Redlichkeit in Person. Und genau deshalb wende ich mich an Sie. Sie müssen mir einen Gefallen tun, mit dem Sie ganz nebenbei auch Ihrem Land dienen. Aus bestimmten Gründen möchte ich in dieser Sache nicht selbst öffentlich in Erscheinung treten. Ich dachte mir, vielleicht würden Sie zustimmen, Ihre Verbindungen für mich zu nutzen. Es geht um ein schweres Verbrechen. Ich habe diesbezüglich Informationen, die unbedingt an die Behörden weitergeleitet werden müssen. Kann ich dabei auf Ihre Hilfe zählen?«

»Ein Verbrechen?« Sarah schüttelte zweifelnd den Kopf. »Falls es sich nicht um ein Finanzdelikt handelt, glaube ich kaum, dass ich Ihnen behilflich sein kann. Und auch in diesem Fall würde eine anonyme Anzeige bei den Behörden genügen.«

Ein mildes Lächeln huschte über Al-Madanis Gesicht. »Es handelt sich dabei nicht um ein Finanzdelikt, es geht um Mord.«

Sarah war wie gelähmt. Ein plötzlicher Schauer durchrieselte sie. Es war also wahr. Al-Madani hatte mit den Morden zu tun. Sie hätte auf Schröck hören und sich so schnell wie möglich aus dem Staub machen sollen. Sie wollte aufspringen und davonlaufen, war jedoch unfähig, sich zu bewegen.

»Einer meiner Leute hat Sie beobachtet, wie Sie sich in Hallstatt mit einem Mann getroffen haben, der Mitarbeiter des BND ist. Wir haben ihn überprüft.«

»Sie lassen mich beschatten?«, entfuhr es Sarah empört.

Al-Madani hob beschwichtigend die Hände. »Dass mein Angestellter Sie gesehen hat, war mehr oder weniger ein Zufall.«

Sarah schüttelte entrüstet den Kopf. »Klar, und dabei hat er meine angebliche Begleitung sofort identifiziert. Das soll ich Ihnen glauben?«

Al-Madani seufzte. »Nein, natürlich nicht. Ich will ehrlich zu Ihnen sein, Sarah: Er hat Sie mit ihm zusammen fotografiert. Ich muss sehr vorsichtig, immer auf der Hut sein. Es gibt viele Kräfte, die mir nicht gerade freundschaftlich gesinnt sind. Ich kann Ihnen versichern, dass ich Ihre Loyalität nie ernsthaft in Zweifel gezogen habe. Darum bitte ich Sie auch jetzt um Ihre Hilfe. Würden Sie für mich schnellstmöglich Kontakt mit Ihrem Bekannten aufnehmen? Ich weiß, wer für den Mord an Bechstein und vermutlich auch für die anderen Todesfälle verantwortlich ist. Sagen Sie ihm, dass ich über eindeutige Beweise verfüge.«

Sarah starrte ihn an. »Sie kennen den Mörder?«

»Die Mörder, genauer gesagt.«

## 24

Joe setzte ihn am Hotel ab. Schröck hatte gesagt, dass er müde sei und noch einmal Verbindung mit seiner Behörde aufnehmen wolle. Vielleicht wisse man dort schon mehr über Nabil und dessen Verbleib. Sie verabredeten ein Treffen für den nächsten Tag, den genauen Zeitpunkt würden sie noch am Telefon ausmachen. Schröck musste Joe versprechen, dass er ihn, falls er etwas Neues erfuhr, sofort informieren würde, dann endlich ließ er ihn aus seinem Wagen entsteigen.

Es war schon fast acht, als Joe den Wagen auf das Grundstück lenkte. Er wollte das Auto wie immer hinter dem Haus am Waldrand parken, als sein Großvater aus dem Haus lief und ihm bedeutete, stehen zu bleiben und das Seitenfenster herunterzulassen.

»Du kannst ihn heute hier nicht abstellen. Es kommt ein Sturm, und in den alten Bäumen hängen jede Menge abgestorbener Äste. Wenn einer auf deinen Wagen fällt, würde das ziemlich großen Schaden anrichten. Stell das Auto lieber an die Hauswand, da wird ihm nichts passieren, selbst wenn der Sturm einen Ziegel vom Dach heben sollte.«

»Denkst du wirklich, dass es so arg wird?« Joe war skeptisch.

»Frag nicht lang, mach einfach, was ich dir sage«, herrschte ihn der Großvater an.

Joe wusste, dass jede Widerrede zwecklos war. Wenn sich der Alte etwas in den Kopf gesetzt hatte, konnte er ziemlich penetrant sein. Und bei alldem, was heute passiert war, stand Joe nicht der Sinn nach Predigten und Diskussionen. Also wendete er den Wagen und stellte ihn dicht neben die Hausmauer, sodass er zwar von der Straße aus zu sehen war, ihn aber niemand beschädigen konnte, wenn er zu schnell auf der Bundesstraße fuhr: die Begründung des Großvaters, warum Joe ansonsten immer hinter dem Haus parken sollte. Bis jetzt hatte es nicht nach Sturm ausgesehen, aber plötzlich war die

Luft schwül und drückend, und über dem See bildeten sich dunkelgraue Wolken, die langsam, aber stetig auf die Berge zustrebten. Sollten sie von ihnen gestoppt werden und sich im Talkessel aufstauen, würde sich das Gewitter mit Blitz und Donner entladen. Joe erinnerte sich noch gut an die Unwetter im Salzkammergut, die er als kleiner Junge alleine und zitternd unter der Decke durchgestanden hatte, weil er sich zu sehr davor schämte, zum Großvater zu laufen und ihm seine Angst zu gestehen. Er hatte immer wieder erklärt, für Feiglinge nichts übrigzuhaben.

Joe seufzte bei der Erinnerung und stieg aus dem Wagen. Der alte Mann war jetzt im hinteren Teil des Grundstücks damit beschäftigt, eine Plane über einem Haufen Reisig festzuzurren, das zum Feuermachen diente. Immer noch war es windstill, nichts regte sich. Selbst die Straße war leer; kein Auto, kein Lieferwagen, keine Wanderer und auch keine Badegäste, die sich ansonsten um diese Zeit, müde von der Sonne und dem ganztägigen Herumlungern am See, auf dem Rückweg zum Ort am Haus vorbeischleppten. Es war so unwirklich ruhig, dass sogar das Piepen der Fernbedienung, das erklang, als Joe den Wagen versperrte, störend wirkte. Er drehte sich noch einmal um und warf einen Blick Richtung Straße, auf der nun doch ein Auto entlangkam. Es erregte deshalb Joes besonderes Interesse, weil es ungewöhnlich langsam fuhr.

Gewöhnlich brauste der Verkehr mit mehr als achtzig Sachen am Haus seines Großvaters vorbei, das schon dagestanden hatte, als die Straße noch ein schmaler Fahrweg entlang des Sees gewesen war und vor dem Haus ein breiter Streifen Grün mit einer Hausbank Platz gehabt hatte. Joe kannte das alles nur von vergilbten Fotos, die der Großvater in einer alten Holzkiste aufbewahrte. Er hatte sie sich als kleiner Junge oft angeguckt. Auch Bilder vom Großvater waren dabei gewesen, als junger Mann. Joe erinnerte sich, wie er mit stolzem und in die Ferne gerichtetem Blick vor dem Haus in einer schmucken schwarzen Uniform mit zwei weißen Blitzen auf dem Kragen und mit einer Binde am Arm, die das Hakenkreuz zeigte, posiert hatte. Als ihn Joe danach fragte, hatte der Großvater abgewunken und entgegnet, der Krieg sei eine furchtbare Zeit und er damals noch jung gewesen. Gut, dass er, Joe, so etwas nicht habe erleben müssen, er selbst habe das meiste jedenfalls zum Glück schon vergessen und wolle auch nicht mehr darüber reden.

Der Wagen rollte auf Joe zu, der im Fahrer seinen alten Schulkameraden Ludwig erkannte. Als Joe ansetzte, ihn freudig zu begrüßen, legte Ludwig seinen Finger an die Lippen und ließ das Fenster herunter.

»Steig ein, ich muss mit dir reden«, sagte er.

»Komm doch mit ins Haus, Großvater freut sich sicher, wenn er dich wieder einmal zu Gesicht bekommt. Wir können ein Bier zusammen trinken«, sagte Joe.

Ludwig schüttelte den Kopf. »Ich muss unter vier Augen mit dir reden, es ist wichtig. Schnell, jetzt mach schon!«

Joe zuckte mit den Schultern und stieg schließlich zögernd in den Wagen.

Ludwig gab sofort Gas.

»Geht's vielleicht auch ein bisschen weniger halsbrecherisch?«, fragte Joe und grinste. »Ich wusste gar nicht, dass du ein Raser bist.« Erst in diesem Augenblick bemerkte er, dass Ludwig der Schweiß auf der Stirn stand. Nicht ungewöhnlich bei der Hitze, die draußen herrschte, aber im Inneren des Wagens war es kalt wie in einem Eisschrank. Das Display der Klimaanlage zeigte die höchstmögliche Kühlstufe an. »Willst du mir nicht endlich sagen, was los ist?«, fragte Joe, dem die Sache nun nicht mehr geheuer vorkam.

Ludwig raste mit unveränderter Geschwindigkeit durch das Ortsgebiet, überquerte die Traun, nahm mit quietschenden Reifen eine Spitzkehre und fuhr Richtung Koppenbrüllerhöhle, bevor er zu Joes Erleichterung endlich anhielt. Nachdem er den Motor abgestellt hatte, verschränkte Ludwig die Arme über dem Lenkrad und vergrub seinen Kopf in ihnen.

»Ist was passiert?«, fragt Joe.

Anstatt zu antworten, stieß der Fischer einen Seufzer aus und schüttelte den Kopf, ohne aufzusehen.

»Jetzt red schon!«

»Der Gruber Lois …«, stammelte Ludwig und stockte dann.

»Der Gruber Lois ist ein Idiot. Das wissen wir, seit wir gemeinsam mit ihm in der Schule waren. Was ist mit ihm?«

»Er hat den Bäckerbuben umgebracht.«

»Den dicken Wilfried, den Leitner? Bist du dir sicher?«

Ludwig nickte.

»Ist er jetzt völlig durchgedreht? Du musst sofort zur Polizei gehen, wenn du das nicht schon getan hast.«

Ludwig machte eine hilflose Geste.

»Hat der Lois dich bedroht, oder was?«

»Das ist nicht so leicht«, stöhnte Ludwig.

»Hast du Angst vor ihm? Das musst du nicht. Wenn du recht hast, sperren die ihn sofort ein. Dann wird er das Gefängnis für sehr lange Zeit nicht mehr verlassen.«

»Es ist nicht nur Angst. Ich bin selbst darin verwickelt.«

Joe spürte, wie ihm das Blut aus dem Gesicht wich. Mittlerweile hatten sich die Gewitterwolken vor die Sonne geschoben und verdunkelten den Himmel. Die Baumkronen des Fichtenwaldes bogen sich im aufziehenden Sturm. Joe starrte Ludwig noch immer fragend an, fing sich dann aber. »Wie meinst du das? Verdammt, jetzt spuck es schon aus!«, herrschte er Ludwig an.

»Ich war unten am See dabei und hab zugesehen, wie der Lois das Kreuz mit dem Gschwandtner umgestoßen hat und der im See versunken ist. Ich bin nur dagestanden und habe ihm nicht geholfen. Ich war zu feige.« Er wandte sich Joe zu, sah ihn direkt an. »Die Sache ist aus dem Ruder gelaufen. Es hat alles so gut angefangen, aber jetzt sind alle tot, und ich weiß nicht, was ich machen soll. Gehe ich zur Polizei und die behalten mich nicht da, bringt er mich um. Er hat ja nichts mehr zu verlieren, er ist schon alt. Aber wenn ich ins Gefängnis muss, gehe ich zugrunde. Ich würde es nie und nimmer aushalten, eingesperrt zu sein. Du musst mir helfen. – Bitte!« Ludwig packte seinen Jugendfreund an den Schultern und schüttelte ihn. Joe war so verblüfft, dass er nicht an Gegenwehr dachte.

Erst Augenblicke später reagierte er. »Hör auf!«, rief er und befreite sich aus Ludwigs Griff. »Sag mir lieber, warum du damit gerade zu mir kommst.«

Ludwig zuckte mit den Schultern. »Ich dachte, dass du vielleicht ein gutes Wort für mich einlegen könntest. So wie in diesen Filmen. Man hat dich mit dem BND-Mann gesehen, den sie wegen des Toten beim Beinhaus geholt haben.« Ludwig verbarg das Gesicht wieder in den Händen.

»Du redest wirres Zeug. Wie sollte dir ein deutscher Beamter helfen können? Er wird deinetwegen ganz bestimmt nicht mit den österreichischen Behörden einen Deal aushandeln. Außerdem interessiert er sich nicht für einen irren Mörder aus dem Salzkammergut, sondern ermittelt in einem internationalen Fall, bei dem es um Größeres geht.«

»Du verstehst das nicht. Das hängt doch alles miteinander zusammen. Wenn ich das dem BND-Agenten erzähle, dann lassen sie mich in Ruhe. Und du musst unbedingt mit dem Alten reden, auf dich wird er hören!«

Joe schaute Ludwig fragend an. »Wen meinst du? Jetzt beruhige dich erst einmal, ich verstehe rein gar nichts.«

»Na, mit deinem Großvater. Er ist doch der Kopf unserer Gruppe.«

»Er ist was?«, rief Joe bestürzt.

»Zuerst klang alles ganz vernünftig, was er gesagt hat, aber als wir das mit dem Gschwandtner machen mussten …« Ludwig verstummte, als das Wageninnere plötzlich in helles Licht getaucht wurde. Ein Auto näherte sich mit aufgeblendeten Scheinwerfern, wurde langsamer und hielt direkt vor ihnen an.

Joe hob den Arm vor die Augen, konnte jedoch nur die Silhouette eines großen hageren Mannes erkennen, der aus dem Wagen stieg und langsam auf sie zukam.

»Scheiße!«, rief Ludwig. »Jetzt sind wir geliefert.«

Joe schüttelte verständnislos den Kopf. Es war Bezirksinspektor Gamsjäger. Joe kannte den ein paar Jahre älteren Mann, er lebte in Bad Goisern noch immer bei seiner Mutter. »Sei nicht dumm, Ludwig. Dann musst du jetzt halt Farbe bekennen. Und wegen meines Großvaters mach dir keine Sorgen, der ist alt und krank, und anscheinend tickt er nicht mehr richtig. Du selbst hast ja niemanden umgebracht, und wenn du bei der Aufklärung von zwei Morden hilfst, kommst du vielleicht mit einem blauen Auge davon. Erzähl dem Gamsjäger, was du weißt.«

»Du hast ja keine Ahnung«, sagte Ludwig mit erstickter Stimme. »Jetzt wird er uns beide umbringen.«

## 25

Schröck ertappte sich dabei, wie er die dritte und die vierte Runde in seinem Hotelzimmer drehte. Viel Platz war nicht zwischen dem Bett und dem Schrank mit der Minibar, vor der er vorhin kurz innegehalten und überlegt hatte, ob er sich ein kleines Bier genehmigen sollte. Er hatte die Idee wieder verworfen. Eine Alkoholfahne würde später nicht gut ankommen.

Wieder schaute er auf das leuchtend rote Display des Radioweckers auf dem Nachtkästchen. Die Uhr zeigte die exakte Zeit an, Schröck hatte sie aus Gewohnheit, oder, wie Silvia immer gesagt hatte, weil er eben penibel war, bei seiner Ankunft korrekt eingestellt.

Erst als er mit dem Herumlaufen schon begonnen hatte, wurde ihm der eigentliche Grund für seinen plötzlichen Bewegungsdrang bewusst. Der Tag war ziemlich turbulent gewesen, die Sache mit Nabil und seine seltsame Bemerkung über die Gruppe, der Joe Zahler angehören sollte, aus der Schröck nicht klug wurde, hätten schon ausgereicht, um ihn unruhig werden zu lassen. Seine Zimmerwanderungen waren nichts Neues. Wenn ihn eine Sache beschäftigte, lief er stets im Kreis herum, wo auch immer er sich befand. Das war schon früher so gewesen. In seinem Büro im Kommissariat und auch zu Hause in Schönbergmoos hatte er bereits seine Runden gedreht, jetzt eben auch in dem knapp dreißig Quadratmeter großen Hotelzimmer in Hallstatt.

Nachdem er sich jedoch das zweite Mal vor dem Badezimmerspiegel wiedergefunden und sich dabei ertappt hatte, wie er sich mit der Hand über das Kinn strich, um zu prüfen, ob sein Bart schon kratzte, wurde ihm klar, warum er gerade jetzt so nervös war. Es war beinahe halb neun, das Licht über dem See hatte schon die für den Sommer spezielle Farbe angenommen – und Sarah hatte sich immer noch nicht gemeldet, um Bescheid zu geben, wo sie sich treffen würden.

Schröck kontrollierte sein Handy, aber es war weder auf leise gestellt, noch hatte er Anrufe verpasst. Mit einem Seufzer setzte er sich aufs Bett, angelte das Haustelefon vom Nachtkästchen und rief an der Hotelrezeption an. Aber auch die freundliche Angestellte hatte keine Nachricht von Sarah für ihn.

Um Viertel vor neun verspürte Schröck so etwas wie Panik. Später würde er sich darüber wundern, warum er nicht einfach davon ausgegangen war, dass Sarah ihn versetzt hatte. Stattdessen schnappte er sich einen leichten Pullover und seine Schlüssel und ging hinunter in die Lobby. Er warf der Rezeptionistin, die noch immer keine Anstalten machte, ihm eine Nachricht überbringen zu wollen, einen kurzen Blick zu und trat vor das Hotel. Auf dem Platz blieb er mehr oder weniger ratlos stehen. Touristen liefen in Gruppen an ihm vorbei, gut gelaunt, mit von der Sonne geröteten Gesichtern. Ein Stück weit entfernt hatte eben ein Ausflugsschiff angelegt, und die Passagiere schlenderten über den Steg ans Ufer. Zwei Asiatinnen gingen mit ihren Sonnenschirmen an Schröck vorbei und nahmen ihm die Sicht. Kurz wurde er von einem schrillen Lachen abgelenkt, das mehr einem panischen Aufschrei als dem Ausdruck von Freude oder Ausgelassenheit glich, und schaute in die Richtung, aus der das Geräusch gekommen war. Als er den Kopf wieder zurückdrehte, stand Sarah vor ihm und lächelte ihn an.

Schröck murmelte einen Gruß und entschuldigte sich, dass er sie nicht gleich bemerkt hatte.

»Ich bin aufgehalten worden, tut mir leid. Aber das erzähle ich Ihnen nachher. Lassen Sie uns jetzt gehen«, sagte Sarah.

Schröck schaute sie fragend an.

»Mein Gott!«, rief sie. »Auch das noch! Hatte ich nicht versprochen, irgendwo einen Tisch zu reservieren?«

Schröck nickte und grinste. »Ich dachte schon, Sie hätten es sich anders überlegt, weil Sie nicht angerufen haben.«

»Es war einfach zu viel los, aber wie gesagt, dazu komme ich später. Haben Sie etwas dagegen, wenn wir in den Bräugasthof gehen? Da müssten wir noch einen Tisch bekommen.«

Der Wind wirbelte etwas Staub auf und ließ ein paar Schifffahrkarten auf dem Asphalt im Kreis tanzen. Schröck warf einen Blick hinauf zur Wolkenbank, die der aufkommende Sturm über den Himmel trieb und die sich als dunkler Schatten auf dem See abzeichnete. »Dann beeilen wir uns mal besser«, sagte er. »Ein Unwetter braut sich zusammen.«

Eilig überquerten sie den Platz, passierten die evangelische Kirche und folgten dem Strom der Menschen, der sich zum Ortszentrum hinbewegte. Die Luft vibrierte vor elektrischer Spannung. Schröck war sich nicht sicher, ob das an der Gewitterstimmung lag oder daran, dass Sarah und er nah nebeneinander hergingen, um nicht mit den jetzt hektisch vor dem nahenden Gewitter flüchtenden Touristen zusammenzustoßen. In dem Gedränge war es unmöglich, sich nicht zu berühren, und Schröck hätte schwören können, dass jedes Mal, wenn Sarahs Körper den seinen auch nur flüchtig streifte, ihr Mund die Andeutung eines Lächelns zeigte.

Im Bräugasthof wies ihnen die Kellnerin, eine junge Frau im Dirndl, die mit bundesdeutschem Akzent sprach, einen Zweiertisch am Fenster zu. Sie setzten sich und bestellten Bier. Als es serviert worden war, blickte Schröck Sarah auffordernd an.

Sie lächelte unsicher und zuckte mit den Schultern.

»Sie wollten mir doch erzählen, was Sie aufgehalten hat«, sagte Schröck.

»Ach ja, genau. Ich wurde zu Al-Madani gerufen. Und jetzt halten Sie sich fest: Er hat mich gebeten, mit Ihnen Kontakt aufzunehmen.«

»Mit mir? Hat er mich namentlich erwähnt?«, fragte Schröck erstaunt.

»Ja. Er wusste sogar, dass wir uns schon mehrmals getroffen haben. Er hat mich beschatten lassen.«

»Hat er noch mehr gesagt?«

»Er beschwerte sich, dass österreichische Beamte versucht

hätten, ihn unter Druck zu setzen, das Land zu verlassen. Al-Madani behauptet, er habe mit Bechsteins Tod und auch mit dem anderen Mord nichts zu tun. Er besteht darauf, völlig unschuldig zu sein, aber das glaube ich ihm nicht. Vor allem nicht nach der E-Mail, in der das Polonium-210 erwähnt wurde.«

Schröck wiegte den Kopf. »Aber Bechstein ist nicht an einer Strahlenkrankheit gestorben, sondern an einem herkömmlichen Gift, das man aus Eisenhut gewinnt. Wie man mir versichert hat, kann man es, auch wenn man nur ein wenig kräuterkundig ist, leicht selbst herstellen.«

Sarah fixierte das Kruzifix, das in einem Winkel des Gastzimmers hing. »Da hast du auch wieder recht«, sagte sie geistesabwesend. »Oh, ich bitte um Entschuldigung!« Sie errötete leicht. »Jetzt habe ich Sie doch tatsächlich geduzt.«

Schröck räusperte sich. »Wir können es gerne beim Du belassen. Jetzt, wo wir doch sozusagen zusammenarbeiten.«

Sarah lächelte und hob ihr Glas, um ihm zuzuprosten. »Also dann, ich bin die Sarah.«

»Und ich Michael. Und was hat dir«, Schröck betonte das »dir«, wofür er von Sarah mit einem anerkennenden Lächeln belohnt wurde, »Al-Madani nun gesagt?«

Sarah erzählte Schröck beinahe wortwörtlich, was ihr Al-Madani aufgetragen hatte, ihm zu übermitteln.

»Das ist ja ziemlich starker Tobak«, sagte Schröck, als sie geendet hatte, und zog sein Mobiltelefon aus der Tasche. »Entschuldige einen Moment, aber ich muss sofort Joe Zahler darüber informieren. Wenn er weiter auf eigene Faust herumschnüffelt, bringt er sich vielleicht in Gefahr. Sie wissen schon, Zahler ist Bechsteins ehemaliger Leibwächter.« Er stockte, weil ihn Sarah amüsiert anschaute. Ihr Lächeln passte so gar nicht zu dem, was er ihr gerade erzählt hatte. »Was ist? Habe ich etwas Falsches gesagt?«, fragte Schröck.

Sie nickte und schmunzelte dabei. »Du hast ›Sie‹ gesagt.«

»Habe ich das tatsächlich? Das tut mir leid.« Er zog den Kopf ein, grinste. In der Zwischenzeit hatte er schon die Kurzwahltaste für Joes Telefonnummer gedrückt. Es ertönten nur einige Freizeichen, dann meldete sich die Mobilbox. »Michael hier. Ruf mich bitte sofort an, wenn du das abhörst«, sagte Schröck. »Ich erreiche ihn nicht«, wandte er sich dann an Sarah, die ihn aufmerksam beobachtet hatte.

»Was wirst du jetzt tun?«, fragte sie ihn.

»Wenn Al-Madani die Wahrheit sagt, hat Bechsteins Tod nichts mit irgendwelchen internationalen Verwicklungen zu tun. Dann gibt es für den Bundesnachrichtendienst keinen Handlungsbedarf mehr, und die lokalen Behörden werden diskret vom Stand der Ermittlungen informiert. Alles Weitere ist Aufgabe der Polizei. Kurz gesagt, wenn er dich nicht angelogen hat, bin ich raus aus der Sache.«

Sarah nickte, und Schröck glaubte, Enttäuschung in ihrem Gesichtsausdruck zu erkennen.

»Aber vorher muss ich noch meine Vorgesetzten informieren, damit sie die Informationen an die österreichischen Behörden weiterleiten können«, beeilte er sich zu sagen.

»Dann kannst du ja vorher noch deine Schulden bezahlen.« Sarah lachte und zog an einem Spaghettiträger ihres leichten Sommerkleides, das ihre schlanke Figur betonte.

»Schulden?«

»Nun ja, du hast ›Sie‹ zu mir gesagt, und hier ist es Brauch, den anderen auf ein Getränk einzuladen, wenn man sich in der Anrede vertut.«

Wieder lachte sie amüsiert, und als sie ihm dabei direkt in die Augen schaute, wusste Schröck, dass der Grund für seine Unruhe im Hotelzimmer keinesfalls der Gedanke daran gewesen war, dass er beim Treffen mit Sarah neue Informationen zu seinem Fall bekommen könnte, sondern weil diese Frau etwas in ihm auslöste, was er in dieser Form noch nie erlebt hatte. Wie selbstverständlich griff er über den Tisch nach ihrer Hand und drückte sie leicht. »Soll ich die Schulden jetzt gleich bezahlen?«, fragte er und war sich im selben Moment schon unsicher, ob er sich nicht vielleicht ein wenig zu weit vorgewagt hatte. Er wollte seine Hand wieder zurückziehen, doch Sarah hielt sie fest und nickte. »Wein?«

Wieder nickte sie und wendete dabei ihren Blick nicht von ihm ab.

»Rot oder weiß?«

»Was meinst du zu einem trockenen Weißwein?«

Am Nebentisch wurde gerade Essen serviert. Schröck spürte, wie Sarah seine Hand freigab, und zog sie langsam zurück, um der Kellnerin ein Zeichen zu geben. Als sie zu ihnen kam, ließ er sich die angebotenen Weine aufzählen und erklären. Als sie geendet hatte, zuckte er ratlos mit den Schultern und schaute Sarah hilfesuchend an.

»Ich glaube, der Federspiel aus der Wachau wäre eine gute Wahl«, sagte sie.

Schröck nickte der Kellnerin zu. Als die Bedienung weg war, sagte er mit gedämpfter Stimme: »Danke, ich habe keine Ahnung von den Weinen der Region.«

In der nächsten halben Stunde tranken sie Wein und unterhielten sich unter anderem über die landschaftliche Schönheit des Salzkammerguts. Sarah erzählte von Bad Ischl und wie froh sie sei, ihren Job nun doch behalten zu können, weil Al-Madani offenbar keine Schuld am Tod des Konsuls trug. »Ich verdiene gern mein eigenes Geld. Ich mag es nicht, von jemandem abhängig zu sein«, sagte sie und prostete Schröck zu.

»Hast du Hunger?«, fragte Schröck.

»Doch«, antwortete Sarah nach kurzem Zögern. »Wenn ich's mir recht überlege, habe ich seit dem Frühstück nichts mehr gegessen. Und eigentlich war ja auch ausgemacht, dass wir essen gehen.«

»Dann lass uns noch einen Blick in die Karte werfen und bestellen«, sagte Schröck und winkte die Kellnerin zu sich.

Beim Kaffee erzählte Schröck Sarah von Schönbergmoos, seiner verstorbenen Schwester und dem Haus, das er nach ihrem Tod übernommen und umgestaltet hatte. Als er seine Haushälterin Liba nachahmte, wie sie ihn mit ihrem böhmischen Akzent ermahnte, dies oder jenes zu tun oder sein zu lassen, ganz so, als wäre sie seine Mutter, musste Sarah herzlich lachen.

Sie erzählte von dem Haus, in dem sie in Bad Ischl wohnte, von ihrem Garten und der unvergleichlichen Aussicht auf die Berge. Die meiste Zeit des Jahres lebte sie dort allerdings alleine, weil ihr Ehemann wegen seiner Arbeit häufig im Ausland war. Aber sie wisse sich ja zu beschäftigen, und wenn Al-Madani nicht da sei, schaukelte sie seinen Laden ganz alleine. Eine Aufgabe, die nicht viel Zeit für Privates ließ.

Als Schröck vorschlug, eine zweite Runde Wein zu bestellen, winkte Sarah lächelnd ab. »Nein, danke. Ich bin mit dem Wagen da und muss noch nach Hause. Es ist zwar nur eine halbe Stunde Fahrt, aber ich will nichts riskieren. Mein Führerschein ist mir wichtig.«

Schröck nickte gespielt ernst. »Das verstehe ich. Dann vielleicht noch einen Kaffee?«

Sarah schüttelte den Kopf. »Ich glaube nicht, ich muss jetzt wirklich los.«

»Natürlich«, sagte Schröck und bemühte sich, seine Enttäuschung zu verbergen. Er hob die Hand und gab der Kellnerin ein Zeichen, die Rechnung zu bringen.

»Wann fährst du zurück nach Schönbergmoos?«, fragte Sarah, und ihre Stimme klang ein wenig unsicher.

»Kommt ganz darauf an. Morgen früh werde ich noch einmal versuchen, meinen Vorgesetzten zu erreichen. Das ist nicht so leicht, wie es sich anhört. Er ist ein viel beschäftigter Mann und entscheidet für gewöhnlich über die weitere Vorgehensweise – ob ich Verbindung mit der hiesigen Polizei herstellen soll oder ob die zuständige Abteilung beim Nachrichtendienst das tut. So etwas in der Art. Außerdem muss ich meinen Bericht schreiben. Wenn es nach mir ginge, würde ich das gerne noch hier erledigen.« Schröck seufzte. »Es gibt ja auch keinen wirklichen Grund, warum ich gleich nach Hause fahren sollte.«

»Wartet denn niemand auf dich? Das kann ich mir nicht vorstellen«, sagte Sarah.

»Nein, nicht mehr. Ihr ist das ständige Warten wohl zu lang geworden. Ich bin nicht viel zu Hause, und wenn irgendwo irgendetwas passiert, muss ich häufig über Nacht meinen Koffer packen. Ich kann nie genau sagen, wann ich zurückkehre, nicht einmal, woran ich arbeite, und manchmal auch nicht, wo ich mich gerade aufhalte. Das kommt nicht gut bei Frauen an.«

»Ich weiß, wovon du sprichst«, sagte Sarah.

Die Kellnerin kam an den Tisch und legte Schröck die Rechnung vor. Sarah zog die Geldbörse aus ihrer Handtasche, aber Schröck schritt sofort ein. »Bitte lass das, du bist natürlich mein Gast.« Er bezahlte, und nachdem er das Wechselgeld bekommen hatte, verließen sie das Lokal.

Es hatte abgekühlt. Überall standen Pfützen, die Straße glänzte regennass im Licht der Straßenlaternen. Nur mehr vereinzelt fielen Tropfen vom Himmel, das Gewitter war weitergezogen. Von weit her war von Zeit zu Zeit ein leises Donnergrollen zu hören.

Sie gingen ein paar Schritte und blieben dann wie auf Kommando stehen.

»Wo hast du dein Auto abgestellt?«, fragte Schröck.

»Drüben im Parkhaus, ich habe eine Berechtigungskarte, hat Al-Madani arrangiert.«

»Gut«, sagte Schröck, auch wenn er nicht wirklich den Eindruck hatte, als würde er in diesem Moment auch nur irgendetwas gut finden. »Tja, ich muss da lang.« Er machte eine schwache Handbewegung Richtung See.

»Ich nehme an, wir werden einander nicht mehr sehen, bevor du abreist«, sagte Sarah.

Schröck nickte langsam, brachte jedoch keinen Ton über die Lippen.

»Na dann.« Sarah streckte ihm die Hand zum Abschied hin.

Er nahm sie, und als er ihre Wärme spürte, beugte er sich zu ihr vor. Er konnte noch hören, wie Sarah »Ach, was soll's« sagte, dann spürte er, wie sie ihre Arme um seinen Nacken schlang, und fühlte ihren Mund auf seiner Wange, nur wenige Zentimeter von seinem Mund entfernt. Er roch ihr leichtes Parfum, und wie von selbst legten sich seine Hände um ihre Hüften, berührten seine Lippen die ihren. Ohne darüber nachzudenken, ob sie seine aufwallende Leidenschaft erwidern würde, küsste er sie. Doch er hätte sich keine Sorgen machen müssen: Ihr Mund öffnete sich leicht, er schmeckte sie und nahm wie durch einen warmen Nebel wahr, dass sie ihren Körper gegen den seinen presste. Dann gingen sie, wie auf ein geheimes Zeichen hin, Hand in Hand in Richtung Schröcks Hotel.

## 26

Allmählich kehrte Joes Bewusstsein wieder zurück. Er tastete die Umgebung ab und erkannte schließlich, dass er auf dem Rücken auf weichem Untergrund lag. Es roch nach Erde. Er versuchte, die Augen zu öffnen, was ihm jedoch nur teilweise gelang. Sein rechtes Auge war nahezu vollständig zugeschwollen und mit getrocknetem Blut verkrustet. Verschwommen erblickte er die Wipfel der Nadelbäume über sich, sah, wie glitzernde Wassertropfen scheinbar aus dem Nichts niederfielen, sich wie in Zeitlupe ihm näherten, größer wurden und schließlich auf seiner Stirn und seinen Wangen aufschlugen und zerstoben.

Einen Moment lang überlegte Joe, ob er weiterschlafen sollte. Ein verführerischer Gedanke, einfach abzuwarten, bis dieser Traum ein Ende finden und ihn schließlich das Scheppern des Geschirrs aufwecken würde. Wenn er davon nicht wach werden würde, würde Babsi ihn wie immer rechtzeitig zum Frühstück rufen. Aber dann war da dieses Hupen – wie eine heisere Schiffssirene –, und von Weitem vernahm er die gedämpften Geräusche vorbeifahrender Lastkraftwagen.

Beinahe schon verärgert über die Störung griff er nach seinem Kopfkissen und ins Leere. Er versuchte, sich umzudrehen, aber ein stechender Schmerz, der augenblicklich sein linkes Bein durchfuhr, zwang ihn, liegen zu bleiben. Erst jetzt begann Joe zu begreifen, dass er nicht in seinem Bett zu Hause in Wien lag und ihn weder seine Freundin noch jemand anderes aus diesem Traum, der keiner war, aufwecken würde. Augenblicklich begann er, die Situation zu erfassen. Das dumpfe Pochen in seinem Bein holte ihn endgültig in die Realität zurück. Er tastete mit der Hand an sich hinunter. Seine Jeans waren mit einer klebrigen Flüssigkeit durchtränkt. Auch ohne hinzusehen, wusste Joe, dass es Blut war. Und mit einem Mal erinnerte er sich auch wieder daran, warum er blutete.

Er stieß einen Fluch aus. Gamsjäger! Er hatte ihn also doch noch erwischt. Er biss die Zähne zusammen und richtete seinen Oberkörper auf. Das Gewicht verlagerte er auf sein unverletztes Bein, grub die Ferse in den weichen Waldboden und drückte dagegen. So gelang es ihm, nach hinten zu rutschen, bis er einen Baumstamm in seinem Rücken spürte, gegen den er sich stemmte, um so auf die Füße zu kommen. Mit Hilfe von Spucke und einem Papiertaschentuch wischte er das Blut vorsichtig von seinem verschwollenen Auge, dann biss er erneut die Zähne zusammen und zog das linke Hosenbein hoch. An seinem Unterschenkel, etwa zehn Zentimeter über dem Knöchel, fehlte ein fingerdickes Stück Fleisch. Blut schimmerte dunkel glänzend im fahlen Mondlicht, es hatte sich in der Wunde gesammelt, die sich über etwa fünfzehn Zentimeter an seiner Wade entlangzog. Wenigstens sah es so aus, als wäre es schon gestockt.

Joe fühlte sich kraftlos, er zitterte. Er wusste nicht, ob der Blutverlust für seine schreckliche Verfassung verantwortlich war oder die Tatsache, dass ihm Gamsjäger den Knauf seiner Dienstwaffe übergezogen hatte, als er Ludwig zu Hilfe kommen wollte. Im Fallen hatte Joe noch wahrgenommen, dass der Polizist Ludwig erst ins Bein und dann in die Brust, direkt ins Herz, geschossen hatte. Er hatte Ludwigs dumpfen Schrei gehört und gesehen, wie er von der Wucht der Kugeln nach hinten geschleudert wurde. Gamsjäger war mit der Waffe im Anschlag zu dem schon regungslos daliegenden Ludwig gegangen und hatte mit seinen schweren Polizeischuhen noch gegen dessen Rippen getreten. Dann erst hatte er sich zu ihm umgedreht. Aber Joe hatte sich schon aus seiner Schockstarre gelöst und war um sein Leben gerannt, war auch nicht stehen geblieben, als er den stechenden Schmerz im Bein gespürt und gleich darauf einen weiteren Knall gehört hatte. Er war gelaufen und gelaufen und irgendwann vor Schmerz und Erschöpfung auf dem kühlen, feuchten Waldboden auf die Knie gefallen. Es folgte eine große schwarze Leere. Er hatte keine Ahnung, wie lange er bewusstlos gewesen war.

Jetzt war es stockdunkle Nacht. Er tastete nach seinem Handy. Es war noch da – Gott sei Dank. Auf seiner Armbanduhr war es ein Uhr fünfunddreißig morgens. Joe hatte einen üblen Geschmack im Mund, sein Bein brannte höllisch. Manchmal vernahm er das Geräusch vorbeifahrender Autos, dann brach grelles Scheinwerferlicht durch das Unterholz, ließ die Baumstämme der Fichten kurz aufleuchten und zauberte schnelle Schatten in den Wald, bevor es wieder verschwunden war. Die Straße musste ganz nah sein. Er fragte sich, ob Gamsjäger wohl noch auf der Suche nach ihm war. Vermutlich nicht. Es waren fast drei Stunden vergangen, seit Joe vor dem Beamten geflüchtet war. Er brauchte Hilfe, befürchtete jedoch, dass ihn seine Kraft wieder verlassen und er ohnmächtig werden würde, sobald er versuchte, sich bis zur Straße zu schleppen. Zudem konnte er nicht davon ausgehen, dass jemand mitten in der Nacht auf einer einsamen Straße im Wald beim Anblick eines angeschossenen Fremden anhalten würde, falls er es denn überhaupt so weit schaffen würde.

Noch immer hielt er sein Mobiltelefon in der Hand. Viele Optionen hatte er nicht. Rief er die Polizei, würde man ihn zwar medizinisch versorgen – was ihm angesichts seiner Verletzung notwendig erschien –, aber anschließend würde man ihn sehr wahrscheinlich verhaften. Gamsjäger war Polizist. Bestimmt hatte er seinen Kollegen bereits eine Geschichte aufgetischt, in der Joe ihm die Dienstwaffe entrissen und Ludwig erschossen hatte. Wenn sie ihn einsperrten, würde er nichts mehr beweisen können. Und vor Gericht würde Aussage gegen Aussage stehen. Joe gab sich nicht der Illusion hin, dass man ihm mehr Glauben schenken würde als einem allseits beliebten Polizeibeamten, der bei den Leuten als gutmütig und redlich galt. Vor diesem Ereignis hätte selbst Joe für Gamsjäger die Hand ins Feuer gelegt. Sogar jetzt noch hätte er ernsthaft an seinem Erinnerungsvermögen gezweifelt, wäre da nicht sein Kopf gewesen, der ihm zu platzen drohte, und die Schusswunde am Bein, die wie Feuer brannte.

Er drückte auf eine Taste seines Handys, und es erwachte

wieder zu Leben. Als das fahle Licht des Displays aufflammte, hielt er schützend seine Hand darüber. Es war zwar unwahrscheinlich, aber möglich, dass Gamsjäger doch noch auf der Suche nach ihm war. Ein Anruf war in Abwesenheit eingegangen, von Schröck. Joe fiel es schwer, sich zu konzentrieren. Bevor er noch mit der Fingerspitze über »Rückruf« wischen konnte, wurde ihm schwarz vor Augen, und er lehnte sich für einen Moment zurück. Erst, als er den nassen und rauen Baumstamm an seinem Rücken spürte, wurde sein Blick wieder klarer. Schnell wischte er über Schröcks Nummer und lauschte dem Freizeichen. Einmal, zweimal, dreimal … Fast hatte er schon die Hoffnung aufgegeben, als er die verschlafene Stimme des BND-Agenten hörte. Sie klang nicht gerade begeistert.

# 27

»Was ist so wichtig, dass du mich mitten in der Nacht weckst, Joe?«, fragte Schröck leise, aber dennoch genervt. Er warf einen Blick auf Sarah, die verschlafen die Hand nach ihm ausstreckte.

»Ist was passiert?«, fragte sie benommen.

»Joe Zahler«, flüsterte ihr Schröck zu. »Hat das nicht bis zum Morgen Zeit?«, fragte er den Anrufer und hörte ihm dann doch zu. »Du wurdest was?«, rief er plötzlich aus. »Wo bist du? – Warte, du kannst mir das alles auch später in Ruhe erzählen.« Aber Joe redete mit schwacher Stimme weiter, und Schröck hörte ihm mit immer größerem Entsetzen zu, bis er geendet hatte. »Das erledige ich, verlass dich drauf«, sagte er dann, hielt mit der Hand das Mikro des Handys zu und wandte sich an Sarah, die sich mittlerweile im Bett aufgesetzt hatte und ihren Rücken durchstreckte. »Weißt du, wie man zur Koppenbrüllerhöhle kommt?«

Sarah, die Schröcks Aufregung bemerkt hatte, nickte mehrmals heftig.

»Halte durch, ich zieh mich an und fahre sofort los. Hast du noch genug Akku, damit du mich zu dir lotsen kannst? – Gut. Ich lege jetzt auf und melde mich, sobald ich in deiner Nähe bin.« Schröck trennte die Verbindung.

»Was ist passiert?« Sarah klang besorgt.

»Joe ist angeschossen worden.«

»Um Himmels willen! Von wem?«

»Es war Gamsjäger, ein örtlicher Polizist. Ich habe ihn sogar schon persönlich kennengelernt. Seine Mutter ist Mitglied dieser Gruppe, von der du mir erzählt hast, und Joes Großvater ist der Kopf der Bande, Joe hat es mir eben gesagt. Mein Gott, Sarah, das kommt jetzt mehr als ungelegen, aber ich muss den Jungen in Sicherheit bringen«, sagte Schröck.

Er wollte aus dem Bett springen, aber sie hielt ihn am Arm

fest. »Ich komme mit«, sagte sie bestimmt. Schröck wollte schon entgegnen, dass er sie lieber in Sicherheit wüsste, aber sie hatte ein gutes Argument dagegen. »Wie willst du ohne meine Hilfe zur Koppenbrüllerhöhle kommen? Es ist Nacht, du brauchst mich.« Und damit hatte sie recht.

Schröck zögerte einen Moment. »Okay, aber beeil dich. Joe ist mehr oder weniger bewegungsunfähig, er hat eine Schusswunde am Bein und wohl ziemlich viel Blut verloren.«

Bevor er ausgeredet hatte, hatte Sarah schon damit begonnen, ihre auf dem Fußboden verteilten Kleidungsstücke zusammenzusuchen.

Gezwungenermaßen riss er sich von ihrem Anblick los und verschwand im Badezimmer.

Eine Viertelstunde später saßen sie in Schröcks Wagen und rasten über die Hallstättersee-Landesstraße in Richtung Obertraun. Nachdem sie die Häuser des Ortes hinter sich gelassen hatten, rief Schröck Joe an. Er meldete sich sofort. Schröck meinte, an seiner Stimme erkennen zu können, dass es nicht besonders gut um ihn stand, und hoffte inständig, dass sie ihn fanden, bevor er das Bewusstsein verlor.

Joe erklärte ihm, wo Ludwig das Auto geparkt hatte.

Schröck wiederholte alles laut, und Sarah nickte, um zu bestätigen, dass sie wusste, wie man dort hingelangte. »Etwa fünfhundert Meter hinter dem Parkplatz mit dem Schild mit der Höhle? – Steht der Wagen direkt an der Straße? – Gut, dann werden wir dich finden.«

»Wir sind gleich da«, sagte Sarah nach einigen Minuten.

Sie passierten die Abzweigung zur Höhle, Schröck wurde langsamer und blickte sich nach einem abgestellten Wagen um. Endlich wurde das Scheinwerferlicht von einem Rückstrahler gespiegelt, und Schröck lenkte den Wagen an den Straßenrand. Ein schmaler Weg führte in den Wald hinein. Er stellte sein Auto direkt hinter das von Ludwig und holte seine Stabtaschenlampe aus dem Handschuhfach. Beinahe gleichzeitig öffneten Sarah und er die Autotüren und stiegen aus. Schröck knipste die Taschenlampe an und bat Sarah, hinter ihm zu bleiben. Als sie an Ludwigs Auto vorbeikamen, leuchtete Schröck ins Innere des Wagens. Wie erwartet war das Fahrzeug leer. Sie gingen einen Abhang hinunter, vor sich den Schein der Taschenlampe, Schröck mit dem Handy am Ohr, immer noch verbunden mit Joe. »Kannst du mir deine Umgebung beschreiben?«, fragte er.

»Bäume, ein paar Sträucher und ansonsten nur Dunkelheit. Nichts, was ein brauchbarer Anhaltspunkt sein könnte«, kam es schwach aus dem Lautsprecher.

»Verdammt! Aber irgendwie müssen wir dich doch finden«, fluchte Schröck.

»Ganz in der Nähe ist eine Straße. Ab und an kann ich die Lichter von vorbeifahrenden Autos sehen. Und hören kann ich sie auch, sogar ziemlich deutlich.«

»Das ist doch schon mal was«, sagte Schröck. »Halte durch, wir finden dich ganz sicher.«

Plötzlich stieß Sarah einen unterdrückten Schrei aus und hielt sich schnell die Hand vor dem Mund.

Schröck war mit zwei Schritten bei ihr. »Was ist?«, fragte er.

Sie deutete mit ausgestreckter Hand auf den Boden. Vor ihr lag eine leblose Gestalt.

Schröck leuchtete mit der Taschenlampe auf die Stelle und sah sofort, dass der Mann tot war. Dennoch beugte er sich zu dem Liegenden hinunter und fühlte seine Halsschlagader. Nichts. Die Haut war noch warm. Schröck ließ den Strahl der Lampe über den Körper des Toten gleiten. »Zwei Einschüsse«, sagte er, um einen sachlichen Ton bemüht. »Einer ins Bein, ich glaube, das war der erste, um ihn an der Flucht zu hindern. Der zweite war vermutlich tödlich, er traf ihn direkt ins Herz.« Er legte seinen Arm um Sarahs Schulter und drückte sie an sich. »Und jetzt lass uns zum Wagen zurückgehen.«

Sie hob den Kopf und schaute ihn fragend an.

»Joe hat gesagt, dass er vorbeifahrende Autos hören und ihr Licht sehen kann. Ich habe eine Idee.«

Sie gingen zu Schröcks Wagen, er startete und setzte zurück. Dann rief er Joe wieder an und erklärte, was er vorhatte. »Wir sind jetzt im Auto und fahren die Straße ab. Wenn du Scheinwerferlicht siehst, melde dich sofort. Wir sind momentan die Einzigen, die hier unterwegs sind.« Sobald er losgefahren war, betätigte er immer wieder die Lichthupe. Schröck war sich sicher, dass sie Joe bald finden würden. Mit einem angeschossenen Bein kam niemand weit. Zum Glück, denn wäre er tiefer in den Wald hineingelaufen, wären die Chancen gänzlich andere.

»Ich sehe etwas«, kam es plötzlich aus dem Lautsprecher von Schröcks Handy.

Erleichtert registrierte Schröck, dass Joes Stimme wieder fester klang. Erneut gab er ein Signal mit der Lichthupe. »Hast du das gerade gesehen?«, fragte Schröck.

»Ja, du bist ganz in meiner Nähe.«

Schröck fuhr weiter und schaltete das Fernlicht ein.

»Jetzt ist das Licht wieder weg«, sagte Joe.

»Keine Sorge, wir machen uns jetzt zu Fuß auf den Weg. Wenn du den Schein meiner Taschenlampe siehst, dann melde dich sofort.«

»Mach ich.« Joe klang wieder schwach.

»Reiß dich zusammen und werde mir jetzt bloß nicht ohnmächtig. – Joe, bist du noch da?« Schröck erhielt keine Antwort.

»Was ist los?«, fragte Sarah.

»Ich glaube, wir sollten uns beeilen.« Schröck ging schneller. Zweige, die ihnen den Weg versperrten, schob er zur Seite, wartete immer wieder, bis Sarah bei ihm war, und leuchtete ins Unterholz.

»Da!«, rief Sarah plötzlich und zeigte auf die Stelle, die der Lichtkegel der Lampe kurz vorher erhellt hatte. »Ich glaube, bei dem Baumstamm ist etwas.«

Sie hasteten durch das Gestrüpp. Als auch Schröck meinte, etwas zu sehen, achtete er nicht mehr auf die Dornenranken und Zweige, die an seiner Kleidung rissen, eilte weiter und fand endlich Joe. »Da bist du ja! Mach dir keine Sorgen. Jetzt wird alles gut, wir bringen dich sofort ins Krankenhaus«, sagte er erleichtert.

Doch Joe antwortete und regte sich nicht.

Schröck leuchtete ihm ins Gesicht und sah das getrocknete Blut auf seinen Wangen und die aufgeplatzte Augenbraue. Als er den Lichtschein prüfend über Joes Körper schweifen ließ, entdeckte er die klaffende Wunde an dessen Bein. Schröck beugte sich zu ihm hinunter.

»Michael, ist er …?«, fragte Sarah, nachdem sich Schröck neben Joe gehockt und seinen Puls gefühlt hatte.

»Er lebt, ist aber bewusstlos. Es scheint, als hätte er viel Blut verloren. Wir müssen uns beeilen, sein Puls ist schon sehr schwach.« Schröck legte sich die Arme des Bewusstlosen über die Schultern und bat Sarah, mitzuhelfen, Joe aufzurichten. Mit einem Ruck hob er ihn an, eine Hand fuhr unter Joes Oberschenkel und fasste seinen Arm. Sarah musste Schröck stützen, damit er sich mit seiner schweren Last aufrichten konnte. Sie beeilten sich, zum Auto zu kommen, wo Schröck Joe vorsichtig auf die Rückbank legte. Dann rasten sie los.

»Wo ist das nächste Krankenhaus?«, fragte Schröck.

»In Bad Ischl«, erwiderte Sarah.

»Wie lange dauert die Fahrt dorthin?«

»Ungefähr eine halbe Stunde.«

»Die hält er nicht mehr durch. Eben hatte er kaum noch Puls.«

»Dann bringen wir ihn zur Ärztin in Obertraun. Al-Madani ist ein Hypochonder, ich musste schon oft bei ihr anrufen, wenn er wieder dachte, sterben zu müssen, weil er einen Schnupfen hatte. Ich hoffe, sie ist zu Hause und lässt sich wecken. Du musst jetzt rechts abbiegen.«

In Obertraun lotste ihn Sarah zwischen den Häusern hindurch. Es gab kaum Straßenlaternen. Endlich sagte sie: »Das Haus da vorne rechts, das ist es.«

Schröck parkte am Straßenrand, Sarah sprang aus dem Wagen und lief zum Hauseingang, während Schröck nach Joe auf der Rückbank sah. Wieder tastete er seinen Hals ab, konnte jedoch keine pulsierende Ader entdecken. Aber vielleicht lag das ja auch an seinen tauben Fingern. Schröck fühlte, wie Kälte in ihm aufstieg, obwohl es draußen noch warm war. Er schob Joes T-Shirt hoch und legte seinen Kopf auf dessen Brust. Kein Herzschlag! Ohne lange zu überlegen, zerrte er Joe aus dem Wagen, legte ihn auf den Gehweg und begann mit der Herzmassage.

»Eins, zwei, drei, vier, fünf …« Schröck zählte bis dreißig und drückte dabei immer wieder seine Handballen auf Joes Brustbein. Bereits nach einigen Sekunden stand ihm vor Anstrengung der Schweiß auf der Stirn. Es folgten zwei Beatmungen, so wie er es auf der Akademie gelernt hatte. Mein Gott, war das lange her, seit er das letzte Mal jemanden beatmet hatte! Auch damals, vor Jahren in München, er war noch im Außendienst gewesen, hatte es sich dabei um ein Schussopfer gehandelt. Der junge Mann war an einem Raubüberfall beteiligt gewesen, ein Kollege hatte von der Waffe Gebrauch gemacht. Der Junge war erst vierundzwanzig Jahre alt gewesen. Schröck hatte beinahe eine Viertelstunde lang versucht, ihn wiederzubeleben, jedoch ohne Erfolg.

Plötzlich spürte er eine Hand auf seinem Arm, die ihn leicht, aber energisch von Joe wegzog, hörte wie durch einen dicken Vorhang eine Frauenstimme: »Machen Sie Platz.« Er ließ von Joe ab, stand auf und stützte sich am Dach seines Wagens ab. Vor seinen Augen flimmerten helle Punkte.

»Ich habe ihn intubiert«, sagte die Ärztin einige Minuten später. Wenigstens nahm Schröck an, dass es sich bei der Frau um die Ärztin handelte, denn auf ersten Blick war das nicht erkennbar. Sie trug ein olivgrünes Trachtenkleid mit einer violetten Schürze. »Sie haben großes Glück, dass Sie mich antreffen. Ich bin erst vor ein paar Minuten aus Ischl zurückgekommen, ich war dort mit Freunden im Theater. – Wir müssen den Mann ins Haus schaffen, packen Sie mit an.«

Schröck, dessen Kreislauf sich wieder erholt hatte, fasste Joe unter die Achseln, Sarah und die Ärztin ergriffen je ein Bein.

Während sie ihn ins Haus trugen, drückte die Frau immer wieder den Beatmungsbeutel zusammen.

Sie hoben ihn auf ein Behandlungsbett in der Praxis. Die Ärztin legte Joe das Blutdruckmessgerät an, und während es sich aufpumpte, hörte sie seine Brust mit dem Stethoskop ab.

Schröck schaute besorgt zu.

Erst wiegte die Frau den Kopf, dann aber nickte sie und klemmte sich das Stethoskop um den Hals. »Sein Herz schlägt, und er atmet selbstständig.« Sie widmete sich dem Blutdruckmessgerät. »Sein Puls ist allerdings sehr schwach. Ich werde versuchen, ihn zu stabilisieren, und anschließend muss er sofort ins Krankenhaus«, sagte sie. »Eine Schusswunde?«, mutmaßte sie, während sie eine Spritze aufzog und Joe ein kreislaufstabilisierendes Mittel in den Oberarm injizierte.

Schröck nickte.

»Würden Sie bitte einen Rettungswagen rufen?«, wandte sie sich an Sarah.

»Glauben Sie, dass er durchkommen wird?«, fragte Schröck.

»Ich hoffe es«, sagte die Ärztin. »Ich weiß nicht, wie viel Blut er verloren hat, aber angesichts seiner Verletzung«, sie deutete auf Joes Bein, »werde ich ihn jetzt an einen Tropf mit einer hypertonischen Infusionslösung hängen, um das Volumen auszugleichen.«

Schröck nahm Sarah beiseite. »Würdest du mit Joe ins Krankenhaus fahren? Ich habe noch etwas zu erledigen.«

Sarah sah ihn mit festem Blick an. »Natürlich. Die Täter sollen nicht ungeschoren davonkommen. Aber pass auf dich auf.«

»Mach ich«, sagte Schröck und berührte sie sanft an der Schulter.

Doch Sarah stellte sich schnell auf die Zehenspitzen, zog ihn zu sich herunter und küsste ihn. »Jetzt kannst du meinetwegen gehen«, sagte sie und lächelte.

# 28

Gamsjäger fuhr die Straße weiter hinauf, wechselte nach nur wenigen Kilometern über den Koppenpass vom oberösterreichischen ins steiermärkische Salzkammergut und hielt schließlich auf einem Parkplatz auf der Anhöhe, den die Lkw-Fahrer im Winter zum Anlegen der Schneeketten nutzen. Er stieg aus und zündete sich eine Zigarette an.

Ein Mann war tot, er hatte ihn und vielleicht sogar noch einen zweiten erschossen. Warum hatte der Ludwig auch den Mund aufmachen müssen? Er konnte es doch nicht zulassen, dass sie seine Mutter auf ihre alten Tage noch vor Gericht zerrten. Und das hätten sie auf jeden Fall getan. Zornig kickte Gamsjäger einen Stein in die dunkle Schlucht vor sich. Das war er seiner Mutter schuldig gewesen. Sie hatte sich schließlich sein Leben lang um ihn gekümmert, stets darauf geschaut, dass etwas Ordentliches aus ihm wurde. Wäre es nach seinem Vater gegangen, würde er jetzt wahrscheinlich als Hilfsarbeiter schuften. So wie sein Erzeuger, den er kaum nüchtern gekannt hatte und dessen Sauferei schließlich auch dazu geführt hatte, dass ihn, den Goiserer Holzknecht, ein Baum erschlagen hatte. Über Nacht war seine Mutter mit ihm allein dagestanden, ohne Geld und ohne Unterstützung von Verwandten, mit denen sich der alte Gamsjäger zu Lebzeiten zerstritten hatte. Die Versicherung hatte nichts gezahlt, weil er bei dem Unfall mehr als zwei Promille Alkohol im Blut hatte. Also hatte sich die Mutter wieder auf ihr geistiges Erbe besonnen. Gamsjägers Großvater mütterlicherseits war Bauer und Beinrichter gewesen und hatte vor allem bei Verletzungen des Skeletts, also bei Knochenbrüchen, ein erstaunliches Geschick entwickelt. Seine Tochter hatte ihm schon als kleines Mädchen assistieren dürfen, als die Leute von nah und fern zum Boandlrichter gepilgert waren. Sie war mächtig stolz auf ihn gewesen und hatte die Dinge, die ihr Vater in einem kleinen Nebenraum des Stalls, den er zur Praxis umgebaut hatte, vollbrachte, für eine von Gott gegebene Gabe gehalten.

Die Ärzte hatten ihn wie später auch sie mehrmals wegen Kurpfuscherei bei Gericht angezeigt. Zum Glück war es nie zu einer Verurteilung gekommen, weil weder der Großvater noch seine Tochter jemals Geld für ihre Dienste verlangt und ihre zufriedenen Patienten sich geweigert hatten, gegen sie auszusagen.

»Man muss selbst wissen, was einem seine Gesundheit wert ist«, war stets der Spruch der beiden gewesen, wenn die Leute am Ende der Behandlung fragten, was sie für ihre Dienste schuldig seien.

Gamsjägers Mutter verfügte nicht über das große anatomische Wissen, das sich ihr Vater über die Jahre angeeignet hatte. Vielmehr hatte sie sich auf Kräuterheilkunde spezialisiert, hatte in alten Büchern nach Rezepten gestöbert und sich kundig gemacht, zu welchen Zeiten man die Zutaten für die Tees und Pasten, die sie mischte, sammeln musste und wann die in Alkohol angesetzten Essenzen gefiltert werden mussten, um ihre größtmögliche Wirkung zu erzielen: bei Voll- oder Neumond oder an bestimmten heiligen Tagen. Nach und nach erwarb sie sich einen ebenso umstrittenen Ruf wie ihr Vater, jedoch als Kräuterhexe.

Ihr Einkommen war gar nicht mal so schlecht, es war genug, um mit ihrem Sohn über die Runden zu kommen. Und als der junge Gamsjäger über Empfehlung des damaligen Bezirkskommandanten, den seine Mutter von einer chronischen Gastritis geheilt hatte, schließlich bei der Gendarmerie – die es damals noch gab – aufgenommen wurde, waren damit auch gleichzeitig ihre Kräuterkünste legitimiert. Wenn selbst der Herr Bezirkskommandant zur Gamsjägerin ging, wenn er krank war, konnte ihr Tun kein Verbrechen sein. Und auch die Ärzte in der Umgebung gaben es schließlich auf, sie wegen Kurpfuscherei anzuzeigen.

»Warum hat sie sich auch auf diesen alten Deppen einlassen müssen?«, fluchte Gamsjäger.

Ihre Heimat war seiner Mutter immer schon das Wichtigste gewesen. Der alte verbissene Depp und sie hatten sich gesucht und gefunden. Als Bub war er bei der Hitlerjugend gewesen und hatte dort gelernt, wie wichtig arisches Blut und heimatlicher Boden waren. Auch sie war überzeugt davon, dass den Wiesen des Salzkammerguts eine Kraft innewohnte, die sonst nirgendwo herrschte, auf der ganzen Welt nicht, auch nicht im niederösterreichischen Waldviertel, wo angeblich das energetische Zentrum Österreichs lag. Woher sie das wissen wollte, war jedoch unklar, zumal sie nie aus Bad Goisern hinausgekommen war.

Jedenfalls wollten beide, der Alte und Gamsjägers Mutter, ihre Heimat so erhalten, wie sie war, wenngleich auch aus unterschiedlichen Motiven. Sie, damit die Kräuterfeen nicht verärgert wurden, und er, weil man gegen die Zunahme der Verfremdung der Heimat und den Ausverkauf derselben einen Kontrapunkt setzen musste, wie er nie müde wurde zu predigen.

Im Gruber Lois, dem brutalen Raufbold, dem einfältigen Bäckerbuben, dem phlegmatischen Markus und dem Fischer Ludwig hatte der Alte, aus ebenso unterschiedlichen Gründen, seine Jünger gefunden. Den Gruber, weil er schon von Kindesbeinen an nicht wusste, wohin mit seinen Aggressionen. Gamsjäger hatte ihn persönlich mehrmals in Gewahrsam nehmen müssen, weil der Lois bei Raufereien jemanden halb totgeschlagen hatte. Im Gefängnis war er deswegen auch schon ein paarmal gewesen. Leider nicht lange, weil sein Rechtsanwalt, der wie Lois den Blauen angehörte, stets ein mildes Urteil für ihn erzielt hatte. Aber selbst in der Ortsgruppe der Rechtspopulisten hatten sie ihn bald nicht mehr dabeihaben wollen, weil er ihnen zu offensichtlich radikal war. Etwa brüllte er betrunken im Wirtshaus herum, dass man alle Ausländer deportieren sollte und die fremdländischen Touristen sowie die Gutmenschen gleich mit, die neuerdings das Flüchtlingspack in sein Land hineinließen. Der Wilfried, der dicke Bäcker, war in der Gruppe dabei gewesen, weil er schon als Bub immer hintendreingelaufen und dankbar war, irgendwo dazugehören zu dürfen, wo man ihn nicht wegen seiner Körperfülle verspottete. Aber auch er war nun tot. Sie hatten ihn umgebracht, weil er reden wollte – genauso wie den einfältigen Gschwandtner, der allerdings nicht mit der Gruppe um den Alten in Verbindung gestanden hatte. Und er, Gamsjäger, hatte jetzt den Ludwig auf dem Gewissen – wenn nicht auch noch den Joe.

Als er sich die Hände vors Gesicht schlug, wurde ihm bewusst, dass es nur eine einzige Möglichkeit gab, um seine Mutter zu schützen und sich dem Wahnsinn zu entziehen, in den er durch sie hineingeraten war.

»Nimm Haltung an«, befahl sich Gamsjäger selbst, richtete sich auf und zog seine Uniformjacke gerade. Dann holte er seine Dienstwaffe aus dem Holster und entsicherte sie. Er riss den Mund weit auf und steckte sich die Pistole so tief hinein, bis ihr Lauf seinen Gaumen kitzelte. Gleich würde alles vorbei sein. Wenn man sich auf diese Weise umbrachte, riss es einem den Kopf weg. Jedenfalls war es so bei dem Sportschützen gewesen, der sich genauso erschossen hatte. Gamsjäger war damals als Erster am Unglücksort gewesen. Die halbe Schädeldecke hatte gefehlt, allerdings hatte der Mann seinen Mund vorher mit Wasser gefüllt. Gamsjäger nahm den Lauf wieder aus dem Mund, sicherte die Pistole und legte sie vorsichtig auf das Autodach. Dann ging er zum Kofferraum, öffnete ihn und nahm aus seiner Aktentasche die Thermosflasche heraus, die ihm seine Mutter jeden Morgen mitgab. Der Kräutertee sei gut für seine Gesundheit, er werde ihn heil durch den Tag bringen, er solle ihn unbedingt trinken, trichterte sie ihm seit Jahren ein. Doch die Brühe schmeckte so bitter, dass Gamsjäger sie kaum hinunterbrachte. Anfangs hatte er versucht, die Thermosflasche auf dem Küchentisch zu vergessen, aber seine Mutter war ihm jedes Mal auf die Schliche gekommen. Selbst wenn sie nicht in der Stube war, hatte sie aus einem anderen Zimmer gerufen: »Und vergiss den Tee nicht!«

Vermutlich war seine Mutter wirklich eine Hexe und besaß ein drittes Auge. Also hatte er schon vor langer Zeit aufgegeben, den Tee stehen zu lassen.

Gamsjäger schüttelte die Flasche. Sie war leer – natürlich war sie das. Wie an jedem Tag hatte er nach seinem offiziellen Dienst ihren übel riechenden Inhalt ins Klo der Wache geschüttet. Dumm, dass er ihn gerade heute gebraucht hätte. Andererseits war es vielleicht besser, nicht mit einem bitteren Geschmack im Mund aus dem Leben zu treten. Was hätte er jetzt für einen klaren Schnaps oder einen Zirben gegeben.

Aber es musste auch so gehen. Wenn er den Lauf der Waffe in den Mund steckte, ihn fest mit Zähnen und Lippen umschloss und die Backen aufblies, würde er vielleicht den gleichen Effekt erzielen, als hätte er Flüssigkeit im Mundraum. Er nahm die Pistole. Seine Hände zitterten, sein Herz schlug ihm bis zum Hals. Es war eine Sache der Ehre. Er musste für seine Handlungen geradestehen, auch seiner Mutter war er es schuldig.

Die Zeilen eines alten Liedes, das manchmal noch im Radio gespielt wurde, kamen ihm in den Sinn und riefen sentimentale Gefühle in ihm hervor. Gamsjäger begann erst, die Melodie zu summen, dann sang er leise: »Oh, hast du noch ein Mütterchen, so hab es lieb und halt es wert! La, la, la, wenn wilder Schmerz dein Leben zehrt – glaubst du, dass nirgends Treue sei, das Mutterherz bleibt ewig treu!« Dann riss Gamsjäger den Mund auf, holte tief Luft, steckte sich den Waffenlauf hinein und suchte mit dem Zeigefinger nach dem Abzug. Er hatte ihn noch nicht gefunden, da wurde ihm speiübel und er musste sich im hohen Bogen übergeben. Gamsjäger kotzte sich die Seele aus dem Leib. Als es vorüber war und er nur noch bittere Galle hochwürgte, ließ er sich erschöpft auf den Boden gleiten, lehnte sich an sein Dienstauto und wischte geistesabwesend mit dem Ärmel seine Dienstwaffe ab. »Scheiße, ich bin sogar zu feige, mich umzubringen«, murmelte er.

Nachdem er ein paar Minuten so dagesessen war, rappelte

er sich kraftlos auf. Ein Polizeifahrzeug würde man nicht anhalten. In dreieinhalb Stunden, noch vor dem Morgengrauen, würde er an der Grenze zu Slowenien sein. Dort würde er dann weitersehen, zum Glück hatte er immer zivile Kleidung im Auto dabei. Gamsjäger stieg in den Wagen und fuhr los.

## 29

Von der Praxis der Ärztin nahm Schröck die Hauptstraße. Er kannte sein Ziel, er war schon einmal da gewesen. Vor Tagen, als er seinen Partner vor Ort noch nicht gekannt hatte. Er war wütend.

Schröck dachte an Joe, wie er regungslos im Wald gelegen hatte, dem Tode nahe. Und schuld daran war dessen eigener Großvater. Er zog die Fäden und war der Rädelsführer dieser Gruppe. Jetzt war Schröck auch klar, warum Al-Madanis Mann Nabil so panisch reagiert hatte, als er Joe gesehen hatte. Natürlich hatte er denken müssen, dass Joe mit dem Alten unter einer Decke steckte. Vermutlich verdächtigten er und Al-Madani sogar Joe, Konsul Bechstein vergiftet zu haben. Der Schluss war naheliegend, schließlich hatte Joe viel Zeit mit Bechstein verbracht, um ihn zu beschützen. An Gelegenheiten, ihn zu vergiften, hatte es nicht gefehlt.

Doch Joe war ahnungslos gewesen. Genau das, was ihn sein Großvater gelehrt hatte, nämlich Tugenden wie Treue und Ehre hochzuhalten, hatte ihn nicht zur Ruhe kommen lassen. Wenngleich ansonsten die verquere Ideologie des Großvaters bei ihm ganz sicher auf keinen fruchtbaren Boden gefallen war. Und wieder einmal, so dachte Schröck, war die Wirkung der alten Pest unterschätzt worden. Es war noch lange nicht vorbei; vermutlich würde es das nie wirklich sein. Solange es Menschen gab, würde auch der Drang von manchen existieren, alle, die nicht zur eigenen Sippe gehörten, zu vertreiben und zu bekämpfen. Wenn es denn sein musste, auch mit Gewalt und bis zum Tod.

Schröck hielt vor dem Haus des alten Zahler, stieg aus und ging zum Eingang. Im ersten Stock brannte Licht. Er drückte auf den Klingelknopf, ein heiseres Läuten ertönte von drinnen, gleich darauf hörte er, wie jemand eine Treppe herunterschlurfte. Die Stimme des Alten war zu hören: »Hast du schon wieder deinen Schlüssel vergessen? Ich hab dir schon hundertmal gesagt, du sollst an ihn denken.« Wenige Sekunden später öffnete sich die Tür.

Der Alte blinzelte, um seine Augen an die Dunkelheit zu gewöhnen. Er trug einen gestreiften Pyjama, seine weißen Haare waren zerzaust. Er hatte wohl schon geschlafen. »Ich dachte, es wäre mein Enkel«, sagte er statt einer Begrüßung. »Ich kenne Sie. Sie sind dieser Deutsche, den sie wegen dem anderen, der oben auf dem Friedhof gestorben ist, geschickt haben. Was wollen Sie hier?«

»Vielleicht interessiert es Sie, dass Ihr Enkelsohn angeschossen wurde«, sagte Schröck ruhig.

Der Alte riss die Augen weit auf, um sie dann wieder zusammenzukneifen. »Wer hat das getan?«, fragte er und wirkte plötzlich nicht mehr wie ein Mann jenseits der achtzig.

»Es steht nicht gut um Joe. Er wird gerade ins Krankenhaus gebracht. Sie sind schuld daran, dass es so gekommen ist.«

»Wovon reden Sie? – Verschwinden Sie sofort von meinem Grundstück. Ich muss zu meinem Enkel!«, rief der Alte und wollte die Tür zuschlagen.

Aber Schröck kam ihm zuvor und hinderte ihn am Verlassen des Hauses. Er schob ihn zur Seite und ging an ihm vorbei in den Flur. »Nicht so schnell. Vorher werden wir uns ein wenig unterhalten.«

Der alte Zahler wollte etwas entgegnen, aber als er Schröcks eiskalten Blick sah, verstummte er augenblicklich und wich zurück. »Worüber?«, fragte er misstrauisch.

»Etwa über den Tod von Dr. Bechstein und eventuell auch über den von Christian Gschwandtner, Wilfried Leitner und von Ludwig Kain«, sagte Schröck.

Als er den letzten Namen erwähnte, huschte ein Schatten über das Gesicht des Alten. Doch er hatte sich sofort wieder im Griff und versuchte, sich keine Gefühlsregung anmerken zu lassen.

»Das mit Kain wussten Sie noch nicht?«, fragte Schröck.

»Ja, nun ist noch einer Ihrer Leute tot, oder sollte ich besser sagen, einer Ihrer Jünger?«

Zahler schüttelte stur den Kopf. »Ich habe mit alldem nichts zu schaffen. Wie auch? Ich bin ein alter Mann.« Seine Stimme klang weinerlich, was angesichts des verächtlichen Blicks, mit dem er Schröck bedachte, unecht und auf absurde Weise lächerlich wirkte.

»Von wegen alter Mann! Sie haben den Tod von Bechstein angeordnet. Und ganz sicher auch den von Christian Gschwandtner, weil er Ihre Leute dabei belauscht hat, wie sie am Stammtisch damit geprahlt haben, Bechstein erledigt zu haben.«

Plötzlich ging ein Ruck durch den Körper des Alten, und er drückte seinen Rücken durch. »Es wäre wirklich besser, wenn Sie jetzt gehen würden«, sagte er leise. Er klang wieder selbstbewusst, der bedrohliche Unterton in seiner Stimme war zurück.

Schröck spürte instinktiv, dass noch jemand im Haus war. Ihm ganz nah. Er wirbelte herum und stand einem etwa dreißigjährigen, feindselig grinsenden Mann mit groben Gesichtszügen und ungepflegtem dunklen Haar gegenüber. Er hielt einen Hirschfänger mit einer etwa vierzig Zentimeter langen Klinge in der Hand, ähnlich jenen, die früher die Jäger auf der Jagd dabeihatten, um angeschossenem, aber noch nicht totem Wild den Garaus zu machen, und wedelte damit bedrohlich vor Schröck herum.

»Und Sie sind wohl Lois Gruber, von dem Joe gesprochen hat«, sagte Schröck ruhig. »Ich gratuliere, Herr Zahler, wenigstens mit ihm haben Sie ein gutes Händchen bei der Auswahl Ihrer Jünger bewiesen. Die meisten davon sind Ihnen ja umgefallen und wollten aussteigen. Zum Glück hat sie Ihr Musterschüler schnell zum Schweigen gebracht, genauso wie zuvor Herrn Dr. Bechstein, wenngleich er bei dessen Mord noch ein wenig subtiler vorgegangen ist«, sagte er an den Alten gewandt.

»Damit liegst du nicht einmal so falsch«, sagte Lois Gruber

und hörte sich an, als wäre er mächtig stolz darauf, was er getan hatte. »Ich hau schon mal zu, und mit dem Messer bin ich auch nicht der Langsamste, aber in einem Punkt hast du dich getäuscht: Mit Gift habe ich nichts zu schaffen, dafür haben wir schon unsere eigenen Leute.«

»Rein interessehalber: Wie habt ihr es angestellt? Und vor allem – warum?«

»Kein Wort mehr, Lois!«, rief der Alte.

»Aber wieso denn? Deswegen ist der Deutsche doch extra zu uns gekommen. Er glaubt, dass er sich ungestraft in unsere Angelegenheiten mischen darf. So wie die anderen Fremden, die denken, sie könnten mit ihrem Geld alles kaufen, weil unsere Politiker ihnen dabei nur wohlmeinend zuschauen und sie sogar noch mit ihren Gesetzen unterstützen. Und die normale Bevölkerung ist so blöd und wehrt sich nicht. Dagegen muss man doch etwas machen, dem muss ein Riegel vorgeschoben werden.« Lois Gruber hatte sich in Rage geredet und die letzten Worte fast gebrüllt. Seine Stimme und der rote Kopf ließen darauf schließen, dass er schon einiges getrunken hatte.

»Aber warum musste gerade Bechstein sterben? Was hatte er mit dem Ausverkauf Ihrer Heimat zu tun? Er war doch nur ein ganz gewöhnlicher Tourist.«

Gruber stieß ein zorniges Lachen aus. »Ein ganz gewöhnlicher Tourist? Sie haben wirklich keine Ahnung! Den See hätte er uns zugebaut, der verfluchte Geldsack!«

»Lois!«, kam es wieder von Zahler. Diesmal noch bedrohlicher.

»Lass mich. Er will es doch wissen. Außerdem wird er es niemandem mehr erzählen können, wenn ich mit ihm fertig bin.«

Schröck ignorierte Grubers unterschwellige Drohung und fragte weiter. »Wie meinen Sie das, er wollte den See zubauen?«

»Er hat den Seegrund neben dem Freizeitzentrum gekauft, hat dafür seine Beziehungen spielen lassen. Mein Gott, waren wir naiv! Nie haben wir geglaubt, dass er damit durchkommen würde, weil der See doch den Österreichischen Bundesforsten gehört. Aber das kannst du vergessen! Mit Geld geht eben alles. Luxusapartments wollte er bauen lassen, direkt am Wasser, mit privaten Stegen. Zugang für unsere eigenen Leute verboten! Verstehst du? Den See hätten wir nicht mal mehr gesehen. Aber die Suppe haben wir ihm kräftig versalzen. Wir haben ihn mehrmals gewarnt, aber er hat uns ignoriert.«

»Ihr habt mit ihm geredet?«, fragte Schröck.

»Ausgelacht hat er uns! An die Öffentlichkeit ist unser Anliegen leider nicht gekommen, das hat man wohlweislich zu verhindern gewusst. Weil es nicht gut für den Tourismus gewesen wäre. Der Bechstein hat große Plakatwände aufstellen lassen. Auf denen waren Bilder, wie die neue Reichensiedlung direkt am See ausschauen sollte. Angezündet haben wir die. Danach hat er keine weiteren mehr errichtet, sich von seinen Plänen aber trotzdem nicht abhalten lassen. Jetzt kann er keine Häuser mehr bauen.«

Schröck nickte. »Und wieso sind Sie sich so sicher, dass nicht jemand anderes das Projekt realisiert?«

»Weil wir mit seiner Freundin geredet haben. Die Soukup ist ein tolles Weib, wenn auch ein bisschen abgedreht. Sie hat alles von ihm geerbt. Wir mussten sie nicht einmal davon überzeugen, dass man unsere schöne Natur nicht zupflastern darf. Sie hat gesagt, sie sei Buddhistin und sowieso der gleichen Meinung wie wir. Außerdem war sie nicht gerade gut auf Bechstein zu sprechen, weil er neben ihr noch andere Weiber hatte und dick im Waffengeschäft war. Ich glaube, sie ist schon wieder zurück nach China geflogen. Ein Typ aus Gmunden, ein Rechtsanwalt, kümmert sich jetzt um das Baugrundstück. Es soll alles so bleiben, wie es ist.«

»Und wie habt ihr Konsul Bechstein nun um die Ecke gebracht?«, fragte Schröck leutselig.

»Soll ich es dir erzählen? Soll ich?«, rief Gruber und lachte hysterisch. »Das ist dann aber das Letzte zu dem Thema, was du von mir erfahren wirst.«

»Nein!«, rief der Alte.

»Ist doch eh egal«, lallte Gruber und legte seinen Zeigefinger an den Mund. »Pssst, nicht weitersagen! – Aber das kannst du ja sowieso nicht mehr. Die alte Gamsjägerin, die Kräuterhexe, hat uns geholfen. Die mag es nämlich genauso wenig wie wir, wenn man unsere Wiesen zubetoniert. Dann kann sie nämlich keine Kräuter mehr sammeln. Richtig grantig wird sie, wenn das jemand vorhat.« Lois Gruber lachte und zuckte mit den Schultern. »Sie hat das wirklich gut angestellt. Noch dazu ganz alleine. Sie hilft oft drüben in Hallstatt in einem Hotel aus, wenn jemand krank ist und die wen zum Kücheputzen oder Geschirrabwaschen brauchen. Sie geht da praktisch ein und aus und hat es geschafft, dass Bechstein einen Kräutertee getrunken hat, der ihm gar nicht gut bekommen ist. Aber jetzt mag ich nicht mehr reden. Hier machen wir Schluss.« Langsam ging er auf Schröck zu.

Der wich ein wenig zurück, machte dann eine Drehung nach links und achtete dabei darauf, den Alten im Blickfeld zu behalten. Jetzt hatte er die Treppe im Rücken. Gruber sprang vor und stieß mit dem Messer zu, doch der Alkohol ließ keine koordinierten Bewegungen mehr zu. Schröck stieß seinen Arm mit der flachen Hand weg, drehte sich um und sprang ein paar Stufen die Treppe hinauf. Gruber setzte nach und griff erneut an. Schröck ging in die Knie und ließ sich, als Gruber direkt über ihm war, zurückfallen. Er zog sein rechtes Bein an, ließ es gleich wieder nach vorne schnellen und versetzte seinem Angreifer einen Tritt vor die Brust, der ihn von den Beinen riss und rücklings von der Treppe katapultierte.

Gruber schlug mit dem Hinterkopf auf dem harten Terrazzoboden des Vorhauses auf. Seine Beine zuckten ein paarmal krampfartig, dann regte er sich nicht mehr. Den Griff des Hirschfängers hielt er noch immer fest umklammert. Der Alte war die ganze Zeit über unbeweglich dagestanden und rührte sich auch jetzt nicht vom Fleck, um Gruber zu Hilfe zu kommen oder wenigstens nachzusehen, ob er noch lebte.

Noch bevor Schröck handeln konnte, ging Zahler zur Tür. Doch als er sie öffnen wollte, war ihm Grubers Bein im Weg. Brutal schob er es mit dem Fuß zur Seite. Schröck sprang die Treppe hinunter und blieb neben Gruber stehen. Er beugte sich zu ihm und fühlte seinen Puls. Der Mann lebte, obwohl sich um seinen Kopf herum auf dem Boden eine Blutlache ausbreitete. Gefährlich konnte er Schröck jedenfalls nicht mehr werden. Der nahm ihm das Messer aus der Hand und trat vor die Tür.

Draußen hörte er das knatternde Motorgeräusch eines sich entfernenden Mopeds. Schröck wischte den Griff des Messers mit dem Ärmel seiner Jacke ab, um keine Fingerabdrücke zu hinterlassen, dann schleuderte er es in hohem Bogen in den hinteren Teil des Gartens, wo es zwischen zwei Holzstößen verschwand. Er holte sein Handy aus der Tasche, warf einen kurzen Blick auf das Schild mit der Hausnummer, wählte die Notrufnummer des Rettungsdienstes und meldete einen Unfall unter der Adresse von Zahler senior. Um alles andere sollten sich die österreichischen Behörden kümmern. Ihm graute schon jetzt bei dem Gedanken an den Bericht, den er schreiben musste. Er hasste diesen Teil seiner Arbeit.

Joes Großvater würde mit seinem langsamen Moped nicht weit kommen. Aber das war nicht mehr sein Bier. Sein Job war es gewesen, die Umstände des Todes des deutschen Honorarkonsuls in China, Dr. Gottlieb Bechstein, auf eventuelle Zusammenhänge mit seiner Tätigkeit zu untersuchen, mit besonderem Augenmerk darauf, ob es Rückschlüsse auf seine Staatsangehörigkeit gab, und unter besonderer Berücksichtigung eventueller terroristischer Beteiligung.

In seiner Dienststelle beim Nachrichtendienst würde vermutlich niemand diesen Tatbestand als gegeben ansehen. Doch nahm man es genau, hatte ein alter Mann mit radikalen Ansichten, die ihm schon als Zehnjährigem beim Deutschen Jungvolk, der Kinderorganisation der Hitlerjugend, eingetrichtert worden waren, eine Gruppe von jungen Männern um sich geschart. Im Gegensatz zu Zahler hatten Lois Gruber und seine Kumpane nichts mit Ideologie am Hut. Es war das alte Lied. Selbst nicht akzeptiert, komplexbehaftet und ausgegrenzt und deshalb aggressiv und frustriert, waren sie auf der Suche nach etwas Wesentlichem gewesen. Der Alte hatte ihrem Leben einen Sinn und eine Aufgabe gegeben, dazu das Gefühl von Gemeinschaft, etwas wert zu sein und sich von den anderen abzuheben. Die Heimatliebe ging ihnen vermutlich am Arsch vorbei. Sie war ein Vorwand für ihren Widerstand, der in Wirklichkeit ein Aufbäumen gegen ihre eigene Machtlosigkeit war. Der Alte hatte sie in seine Gruppe aufgenommen, und sie hatten als ihre Mitglieder je nach persönlicher Schmerzgrenze in ihr funktioniert.

Nicht einmal vor Mord waren sie zurückgeschreckt. Christian Gschwandtner hatten sie regelrecht hingerichtet. Für sie war das Töten eines anderen Menschen eine Mutprobe oder ein Mittel gewesen, um ihre ohnmächtige Wut zu kanalisieren, für den Alten war es jedoch ein demonstratives Festhalten an den sogenannten Werten, zu denen auch Fremdenhass und sentimentaler Nationalismus gehörten. Die Keimlinge, die vor über achtzig Jahren gesät worden waren, waren aufgegangen, die giftigen Pflanzen hatten tiefe Wurzeln geschlagen.

Schröck verließ Zahlers Grundstück. Das Licht im Haus hatte er brennen, die Tür weit offen gelassen. Die Rettungsleute würden Lois Gruber leicht finden.

Er war noch keine fünfhundert Meter weit auf der Straße neben dem See gefahren, als ihm eine Ambulanz mit Blaulicht entgegenraste. Trotz der Blutlache ging Schröck davon aus, dass Gruber nicht allzu schwer verletzt war. Er würde später dafür sorgen, dass ihn die Polizei noch im Krankenhaus in Gewahrsam nahm.

Seine Gedanken wanderten zu Joe und Sarah, als ihm sein Mobiltelefon eine eingegangene SMS signalisierte. Schröck warf einen kurzen Blick in den Rückspiegel und hielt am Straßenrand an.

Die Nachricht war von Sarah. Sie schrieb, dass Joe stabilisiert sei und nicht mehr in Lebensgefahr schwebe. Sie würde noch ein wenig bei ihm bleiben und später zu Fuß nach Hause gehen. Vielleicht könnten sie morgen telefonieren, ihr Auto stand ja noch in Hallstatt.

Schröck antwortete sofort, dass er sie auf jeden Fall anrufen werde. Sie solle zusehen, dass sie ins Bett komme, die Nacht sei nicht mehr lang. Er schickte die Nachricht ab, legte das Handy auf den Beifahrersitz und wollte weiterfahren, als er sah, dass etwa dreißig Meter vor ihm etwas in der Wiese unmittelbar neben der Straße lag. Schröck legte den ersten Gang ein und ließ den Passat langsam vorwärtsrollen. Es war ein altes Moped. Er sah sich um und erblickte etwas weiter entfernt auf einer Plätte eine schemenhafte Gestalt, die sich gegen die Lichter von Hallstatt abhob. Sie stand am Heck des Bootes und bewegte sich mit Hilfe des Steuerruders in der Art eines Gondolieres auf den See hinaus.

Schröck fuhr von der Straße ab ans Ufer und parkte den Wagen so, dass die Scheinwerfer aufs Wasser hinausleuchteten. Er stieg aus, kniff die Augen zusammen. Wie er schon vermutet hatte, war es der alte Zahler, der sich schnell vom Ufer entfernte. Als er etwa fünfzig Meter zwischen sich und das Land gebracht hatte, bückte sich Zahler. Kurz sah es so aus, als wäre er verschwunden, dann aber tauchte seine Silhouette wieder auf. Er hielt etwas in der Hand und drehte seinen Kopf dem Land zu. Es schien, als würde er Schröck einen letzten Blick zuwerfen, dann stürzte er sich in den See.

Schröck stürmte los, riss sich im Laufen das T-Shirt vom Leib, blieb kurz stehen und zerrte seine Jeans herunter. Nur mit Unterhose bekleidet hastete er durch das seichte Wasser, bis der Seegrund steil abfiel. Als Schröck Schwimmtiefe erreicht hatte, kraulte er bis zu der Stelle, wo die Plätte lag, holte tief Luft und tauchte unter.

Das Wasser war wie schwarzes Öl, er sah gerade einmal wenige Zentimeter weit. In der Hoffnung, etwas zu fassen zu bekommen, streckte er die Hände aus, griff jedoch ins Leere und kam wieder hoch. Schröck schwamm zum Bug des

Bootes und tauchte immer wieder hinunter. Nach mehreren erfolglosen Versuchen war er so erschöpft, dass er sich keuchend am Bootsrand festhalten musste. Schröck konzentrierte sich darauf, ruhig und gleichmäßig zu atmen, sein Herz schlug so heftig, dass das Pochen in seinen Ohren hallte. Es hatte keinen Sinn.

Nach ein paar Minuten der Erholung schwamm er zurück ans Ufer und sammelte seine Sachen auf. Aus dem Kofferraum seines Wagens holte er ein kleines Handtuch, das immer darin herumlag. Während er sich abtrocknete, überlegte er, wie er vorgehen sollte. Der Polizist in ihm riet ihm, sofort die Behörden zu verständigen, aber als Mitarbeiter des Bundesnachrichtendienstes war er seiner Dienststelle verpflichtet. Er wusste, dass Heinrich seine eigenen Kanäle nutzen wollen würde. Getreu dem Motto: Eine Hand wäscht die andere. Heinrich war ein Meister im Knüpfen von Beziehungen und wusste ganz genau, wann man von jemandem einen ihm einmal erwiesenen Gefallen wieder einfordern konnte.

Dem Alten war sowieso nicht mehr zu helfen, er war untergegangen wie der sprichwörtliche Stein. Und Joe sollte sich erst einmal erholen. Über den Tod seines Großvaters konnte Schröck ihn auch später informieren, wenn ihm die hiesigen Behörden nicht zuvorkamen, worüber er nicht einmal traurig wäre.

Erst jetzt bemerkte Schröck das Ziehen in seinen Oberarmen und im Rücken. Ganz klar: keine Kondition. Er war zu viel unterwegs, für Sport blieb da kaum noch Zeit. Er nahm sich vor, wenigstens wieder mit dem Laufen zu beginnen, was überall möglich war. Vielleicht sollte er wirklich einmal Urlaub machen? Bei dem Gedanken kam ihm unwillkürlich Silvia in den Sinn. Vermutlich war ihre Beziehung auch deshalb in die Brüche gegangen, weil er nie genug Zeit für gemeinsame Ferien gefunden hatte.

Er zog die triefend nasse Unterhose aus, schlüpfte in Jeans und T-Shirt und setzte sich hinter das Steuer seines Wagens. Nachdem er einen Augenblick lang durch die Windschutzscheibe in die Nacht hinausgestarrt hatte, nahm er sein Handy vom Beifahrersitz und wählte den Polizeinotruf.

»Jemand ist ertrunken«, sagte Schröck, nachdem sich eine junge Frau gemeldet hatte, und gab eine knappe Beschreibung der Unfallstelle durch. »Sie können den Platz nicht verfehlen, das Boot, mit dem der Mann hinausgefahren ist, liegt noch vor Anker. Er ist direkt daneben untergegangen. In unmittelbarer Nähe liegt am Straßenrand das Moped des Toten. – Mein Name? – Der tut nichts zur Sache«, sagte Schröck und trennte die Verbindung.

# 30

Im Hotelzimmer wollte er eigentlich gleich nach dem Duschen zu Bett gehen, war aber dann hellwach. Also setzte er sich an den Laptop, um den Bericht an Klaus Heinrich zu verfassen. Heinrich war nie besonders begeistert, wenn Schröck am Ende seiner Ausführungen noch Empfehlungen anfügte. Etwa wem man bei einem Neustart eventuell unter die Arme greifen oder wen der Bundesnachrichtendienst in Sicherheit bringen sollte, weil er als Schröck-Informant in Lebensgefahr war. Nun, diesmal würde sich Heinrich wundern, denn er hatte nichts dergleichen hinzuzufügen.

Als er den Bericht beendet und verschlüsselt abgeschickt hatte, warf er einen Blick auf die Uhr: schon halb sieben Uhr früh. Schröck verspürte den Drang, in Schönbergmoos anzurufen und nachzufragen, ob dort alles in Ordnung war.

Früher, als er noch jünger gewesen war, war er zu bestimmten Anlässen wie Geburtstagen oder Jahrestagsfeiern oft mit seinen Kollegen vom Polizeirevier ausgegangen. Wenn sie dann schon einiges getrunken hatten, begannen sie regelmäßig von ihrem Zuhause, ihrer Heimat zu reden. Sie sprachen dann von »ihren« Bergen, »ihrer« Landschaft und von »ihren« Dörfern, in denen sie groß geworden waren, und kamen dabei ins Schwärmen. Schröck hatte diese mit Besitzanspruch verbundene Sentimentalität nie nachvollziehen können. Landschaft gab es schließlich überall, und sie war für alle da. Leute, denen beim Gedanken an »meinem schönen Blick ins Tal« Tränen der Melancholie in die Augen stiegen, waren ihm schon immer suspekt gewesen.

Er überlegte, warum es ihn gerade jetzt so danach drängte, zu wissen, dass mit Haus und Garten alles in Ordnung war. Die Sorge war mit Sicherheit unnötig. Wäre etwa ein Feuer ausgebrochen oder sonst irgendetwas passiert, wäre er doch benachrichtigt worden. Vor einiger Zeit war der Grund seiner Anrufe eigentlich immer der gewesen, dass er Silvia nicht hatte erreichen können. Im Institut hatte sie prinzipiell ihr Handy ausgeschaltet, um bei der Arbeit nicht gestört zu werden. In dem Fall erkundigte er sich bei seiner Haushälterin nicht nur nach der Situation daheim, sondern auch nach Silvias Befinden. Liba begann dann immer, ausführlich von Haus und Garten zu erzählen. Sie berichtete ihm, welche Blumen gerade blühten oder welchen Schaden die Wühlmäuse im Garten schon wieder angerichtet hatten. Nun war Silvia weg, und das Haus in Schönbergmoos war nur ein Haus und der Garten eben nur ein Garten. Beide brauchten ihn nicht. Er könnte weiß Gott wo wohnen. Eigentlich war es doch völlig egal, ob er sich an diesem oder einem anderen Ort aufhielt. Und dennoch hingen Schröcks Gedanken an Schönbergmoos.

Er war stolz darauf, was er aus dem Haus gemacht hatte, wie er es umgestaltet und eingerichtet hatte, nachdem er es nach dem Tod seiner Schwester übernommen hatte. Der Ort war für ihn zu einer Art Lesezeichen geworden. Schönbergmoos, der Garten und das Haus erinnerten ihn an die Zeit, in der seine Schwester und er im Sommer bei den Großeltern zu Besuch gewesen waren. Wie unbeschwert sie im Garten gespielt hatten, auf den Bäumen, die jetzt beinahe doppelt so hoch wie damals waren, herumgeklettert waren und wie ihnen die Großmutter Jausenbrote auf das Sims vom Küchenfenster gestellt hatte.

Doch eigentlich, dachte Schröck, sind es nicht die Orte, die einem fehlen, sondern die Menschen, die dort ihre Spuren hinterlassen haben, selbst wenn diese auf den ersten Blick oft nicht sichtbar sind. Wie etwa jene im Garten in Schönbergmoos.

Schröck war damals in eine frisch gegossene Betonplatte gelaufen und hatte sich deshalb ordentliche Schelte von seinem Großvater eingehandelt. Der alte Mann hatte die sichtbaren Folgen des Missgeschicks nie beseitigt, aus welchen Gründen auch immer, und hatte so den kleinen Fußabdruck seines Enkels konserviert. Einer jener oft instinktiven Versuche, etwas Bleibendes für die Nachwelt zu hinterlassen.

Auch der alte Zahler hatte Altes bewahren wollen. Er hatte verhindern wollen, dass der Blick auf den See, den er von Kindesbeinen an gekannt hatte, durch neue Häuser verstellt wurde, und war nicht einmal davor zurückgeschreckt, dafür Menschenleben zu opfern. Veränderungen erinnerten eben unvermeidlich auch an das Voranschreiten der Zeit, und Zahler hatte wohl versucht, ein Zeichen gegen seine eigene Vergänglichkeit zu setzen. Orte waren doch bestenfalls Kulissen, vor denen es einem leichter als sonst fiel, sich an bestimmte Ereignisse zu erinnern oder sich geliebte Menschen wieder ins Gedächtnis zu rufen. Schröck jedenfalls war überzeugt, dass Personen, die man liebte oder geliebt hatte, nicht an bestimmten Orten weiterlebten, sondern einzig und allein in den Herzen derer, die sie vermissten.

Sein Handy riss ihn aus seinen melancholischen Gedanken. Es war Klaus Heinrich.

»Ich habe dich doch nicht etwa geweckt?«, fragte er. »Entschuldige, aber bei mir ist es gerade Nachmittag, da komm ich mit der Zeit etwas durcheinander.«

Schröck fragte gar nicht nach, wo Heinrich sich aufhielt, er würde es ihm ohnehin nicht sagen. Aber er schätzte, dass er irgendwo in Asien war.

»Ich habe deinen Bericht eben gelesen und schon alles in die Wege geleitet, damit die Österreicher tätig werden können. Ich gratuliere dir, du hast ganze Arbeit geleistet. Ehrlich gesagt ist mir dieser Waffenschieber, der Bechstein, so was von egal, das glaubst du gar nicht. Aber die im Ministerium werden erleichtert und hochzufrieden sein, wenn sie erfahren, dass seine Ermordung weder einen terroristischen noch einen staatspolitischen Hintergrund hat. Die Polizei wird die alte Dame, die ihn vergiftet hat, schon bald in Gewahrsam nehmen, und ihr Sohn, der Polizist, wird ihnen auch nicht entwischen. Ich bin noch einige Tage unterwegs, wir sprechen wieder, wenn du zu Hause bist.«

»Ich werde meinen Aufenthalt hier verlängern. Ich nehme Urlaub, und diesmal wirklich«, sagte Schröck spontan.

»Kein Problem. Die Landschaft ist ja phantastisch, und wenn das Wetter schön ist …«, sagte Heinrich.

»Was wird eigentlich aus Al-Madani?«, fragte Schröck.

»Na ja …«, an Heinrichs Stimme war zu erkennen, dass ihm das Thema nicht gerade angenehm war, »einerseits wissen wir, dass er Bechstein langsam mit dem Polonium-210 umbringen lassen wollte, andererseits hat er es nicht geschafft, weil ihm jemand zuvorgekommen ist. Würden wir ihn deswegen an die Behörden ausliefern, käme dabei bestenfalls Körperverletzung heraus. Al-Madani ist nicht dumm. Als es für ihn brenzlig wurde, hat er einen Deal mit den Österreichern abgeschlossen, in dem er versprach, die Behörden zu unterstützen. Außerdem hat er eine seiner Mitarbeiterinnen mit Informationen zu dir geschickt. Das Ministerium hat uns das bestätigt, sie werden ihn in Zukunft in Ruhe lassen, weil er sich an die Vereinbarung gehalten hat. Für die Öffentlichkeit bleibt der Fall regional, weil Bechsteins Killer ein alter weiblicher Nazi aus dem Bergland ist. Und das ist auch gut so. Schließlich verfügt Al-Madani über großen politischen Einfluss in einem Land, das dem unseren bei der Terrorismusbekämpfung behilflich sein kann.«

»Schon klar«, sagte Schröck.

»Was ist los?«, fragte Heinrich. »Du klingst so komisch.«

»Ich kann mit ›unserem Land‹ nicht viel anfangen. Es ist doch überall das Gleiche.«

»Wie meinst du das?«, fragte Heinrich.

»Egal. Wie gesagt, ich mache jetzt ein paar Tage Urlaub, und dann telefonieren wir. Okay?«

Nachdem sie sich verabschiedet hatten, ging Schröck ins Badezimmer, duschte ausgiebig, stellte den Fernseher an und legte sich zum Zähneputzen aufs Bett. Als er plötzlich Lust auf Kaffee und Rührei mit Speck verspürte, rasierte er sich schnell und schlüpfte in Hose und Hemd.

Er wollte das Zimmer gerade verlassen, da klingelte das

Mobiltelefon. Schröck warf einen Blick auf das Display. Eine unbekannte Nummer aus Österreich. Er ging ran. Es war Sarah. Ihre Stimme klang ruhig und irgendwie traurig.

»Wie geht es Joe?«, fragte Schröck.

»Ich war gerade noch im Krankenhaus. Die Ärzte waren über mein frühes Erscheinen nicht gerade begeistert, aber ich wollte unbedingt noch zu ihm, bevor ich nach Hallstatt fahre. Er hat die Nacht gut überstanden und ist auf dem Weg der Besserung. Am Nachmittag trifft seine Freundin aus Wien ein – ich glaube, er ist in guten Händen.«

»Ich bin noch auf meinem Zimmer und wollte gerade zum Frühstück gehen. Von wo rufst du an?«, fragte Schröck.

»Von der Lobby aus. Ich habe mein Handy zu Hause liegen lassen. Ich dachte, du bist vielleicht schon unterwegs.«

»Warte, ich bin gleich bei dir!«, rief Schröck freudig, riss die Zimmertür zum Gang auf und schaute in den Lauf einer Pistole.

Draußen stand Gamsjäger. Er trug noch seine Uniform, die völlig verdreckt war, seine Haare klebten schweißnass an der Stirn: Er machte einen jämmerlichen Eindruck.

»Sie haben sie abgeholt«, sagte er mit bebender Stimme. »Dafür wirst du bezahlen.« Er bedeutete Schröck mit der Pistole rückwärtszugehen.

Schröck machte ein paar Schritte, und Gamsjäger schloss hinter ihm die Zimmertür.

»Wen haben sie abgeholt?«, fragte Schröck, um Zeit zu gewinnen. Dann wurde ihm bewusst, dass er noch immer sein Handy in der Hand hielt. Er warf einen verstohlenen Blick darauf: Er war noch mit Sarah verbunden.

»Meine Mutter. Sie haben sie verhaftet und sie in Handschellen abgeführt. Du bist schuld daran«, zischte der österreichische Beamte.

»Nehmen Sie Vernunft an, Gamsjäger«, sagte Schröck laut in der Hoffnung, dass Sarah ihn durch das Telefon hören konnte. »Wenn Sie mich jetzt erschießen, machen Sie alles noch viel schlimmer.«

Gamsjäger lachte hysterisch auf. »Viel schlimmer kann es nicht werden. Wie auch? Ich habe doch schon jemanden erschossen. Dafür werde ich ins Gefängnis gehen. Wenn ich doch wenigstens dazu fähig wäre, mich umzubringen«, jammerte er. Er machte eine kurze Pause, dann wallte wieder Zorn in ihm auf. »Du hast uns alle ins Unglück gestürzt. Wegen dir muss meine Mutter auf ihre alten Tage leiden. Wenn sie das nicht überlebt, hast du sie auf dem Gewissen!«, schrie Gamsjäger und zielte auf Schröcks Stirn.

Der Abstand zwischen den beiden Männern betrug nur noch knapp zwei Meter. Schröck rechnete sich aus, dass selbst, sollte er sich mit einem Sprung aus der Schusslinie retten können, ihn ein zweiter Schuss mit Sicherheit erledigen würde. Um Gamsjäger erfolgreich angreifen zu können, war der Abstand viel zu groß, Gamsjäger hätte genügend Zeit, um erneut abzudrücken.

»Das war es dann also«, sagte Schröck.

»Ja, das war's«, gab Gamsjäger triumphierend zurück.

»Dann erschieß mich jetzt. Deine Kollegen werden dich sowieso erwischen, und dann wirst du das Gefängnis nicht mehr lebend verlassen. Ich an deiner Stelle würde jetzt schon mal anfangen, dafür zu beten, dass du in einem separaten Bereich untergebracht wirst. Denn wenn die anderen Gefangenen mitbekommen, dass du Polizist warst, wird dir keine ruhige Minute mehr beschieden sein. Die stehen nicht so auf Leute wie dich. Aber es sei dir vergönnt, du bist sowieso eine Schande für die ganze Truppe.«

»Ich habe mir nie etwas zuschulden kommen lassen. In all den Jahren nicht. Ich bin ein guter Polizist. Aber das hier ist etwas Privates. Es geht um meine Mutter, hast du mich verstanden?«, brüllte ihn Gamsjäger an.

Unter normalen Umständen und wenn Verstärkung im Anmarsch wäre, wäre es gut, dass ich ihn dazu gebracht habe, laut zu werden, dachte Schröck. So wüssten die Kollegen wenigstens über Gamsjägers Position im Zimmer Bescheid. Aber jetzt würde niemand kommen, niemand würde ihn retten.

Plötzlich wurde Gamsjäger ruhig. Er kniff das linke Auge zusammen und zielte auf Schröcks Kopf. »Hast du mir noch etwas zu sagen?«

Schröck nickte. »Das habe ich tatsächlich. Du bist ein feiges Arschloch«, sagte er und wunderte sich, wie gelassen er in dieser brenzligen Situation war. Er schaute dem Beamten in die Augen, sah, wie er die Pistole auf sein Ziel ausrichtete, sie genau justierte und dabei ein paar Zentimeter anhob. Er beobachtete Gamsjägers Zeigefinger nicht ängstlich, sondern vielmehr so, als wäre er völlig unbeteiligt.

Er wartete darauf, dass er sich krümmen und den Abzug nach hinten drücken würde, dass sich der Schlaghebel spannen konnte. Dann würde die Sicherung den Schlagbolzen freigeben, der auf das Zündhütchen der Patrone schlagen und so das Treibladungspulver zünden konnte. Das Pulver würde verbrennen, das dabei entstehende Gas sich ausdehnen und bei der Suche nach dem geringsten Widerstand das Geschoss in den Lauf drücken, das auf Schröcks Gesicht zurasen würde. Alles würde in zwei bis drei Promille einer Sekunde passieren.

Er war erstaunt, dass er sich gerade jetzt an diese Details erinnerte. Er hatte das alles vor mehr als zwei Jahrzehnten auf der Polizeischule gelernt. Heinrich hatte neben ihm gesessen und so getan, als würde er alles mitschreiben. In Wahrheit hatte er Kreuzworträtsel gelöst. Rechts hinter ihnen hatte Dworschak gehockt. Er las zumeist in der Zeitung und gab dabei vor, etwas zu notieren. Später war er nach Wiesbaden gegangen und dort Politiker geworden. Während ihrer Ausbildungszeit hatten sie gemeinsam legendäre Kneipentouren durchgestanden. Vermutlich würden beide bei seinem Begräbnis anwesend sein, so wie seine Tochter auch. Hoffentlich würde sie die Zwillinge zu Hause lassen. Begräbnisse waren nichts für kleine Kinder. Vielleicht würde sogar Sarah anwesend sein – und Silvia.

Plötzlich wurde die Zimmertür aufgestoßen. Für den Bruchteil einer Sekunde sah Schröck Sarahs Gesicht und in ihm einen Ausdruck von Angst und Verzweiflung. Er war nicht ganz sicher, ob das Bild real war oder sein Kopf es ihm nur vorgaukelte.

Gamsjäger fuhr herum, Schröck sah dessen Pistole, die immer noch auf seinen Kopf zielte, und dann, wie sich Gamsjägers Schulter in Zeitlupe Richtung Tür bewegte. In diesem Moment erkannte Schröck, dass alles, was er sah, die Realität war, und sprang auf Gamsjäger zu. Er packte dessen Hand mit der Waffe und riss den Arm nach oben. Ein Schuss löste sich, der Rückstoß ließ Gamsjäger schwanken. Als Schröck ihm den Ellenbogen in die Rippen rammte, schrie der Beamte auf, suchte mit seinem freien Arm nach Halt, griff jedoch nur ins Leere und stürzte schließlich nach hinten. Schröck versetzte ihm noch einen letzten Schlag gegen den Kehlkopf, woraufhin Gamsjäger ein gurgelnder Laut entwich und er die Pistole endlich fallen ließ, die Schröck mit dem Fuß wegstieß. Sie drehte sich wie ein Kreisel und landete unter dem Bett. Sofort war Schröck über Gamsjäger, hob die Faust, um gegebenenfalls noch einmal zuzuschlagen, aber sein Gegner hatte genug. Wimmernd hob er die Hände vors Gesicht, und Schröck ließ von ihm ab.

Plötzlich waren auf dem Gang draußen Lärm, Getrampel von schweren Schuhen und gerufene Befehle zu hören. Kurz darauf stand eine Handvoll Uniformierter in voller Sturmausrüstung mit Schussweste und Helm im Zimmer. Die Männer schoben Schröck vorsichtig zur Seite, rissen Gamsjäger jedoch unsanft hoch, drückten ihn mit dem Gesicht an die Wand, legten ihm Handschellen an und zerrten ihn durch die Tür hinaus.

An ihrer statt kam ein Mann in Zivil herein und erkundigte sich nach Schröcks Befinden. Ernst sagte er, er habe Glück gehabt und sie seien gerade noch rechtzeitig gekommen. Gott sei Dank habe Frau Kienberger sie verständigt. Schröck sah ihn wie durch einen dichten Nebel an, bedankte sich und ergriff seine ausgestreckte Hand.

Später schaute er zu Sarah hinüber, die unbeweglich im

Türrahmen stand. Erleichtert nahm er wahr, dass ihr Gesicht langsam wieder Farbe annahm.

Ihre Stimme zitterte ein wenig, als sie sagte: »Ich habe dich und ihn die ganze Zeit durch das Telefon gehört. Es war die Dame an der Rezeption, die dann die Polizei alarmiert hat. Aber es hat so lang gedauert, da bin ich einfach zu dir hinaufgelaufen. Ich musste doch etwas unternehmen.«

»Ich danke dir«, sagte Schröck. »Das war knapp. Wenn du nicht gewesen wärst, wäre es diesmal wahrscheinlich schiefgegangen.« Im nächsten Moment lag sie in seinen Armen, sie küssten sich, drehten fast gleichzeitig ihre Köpfe zum Bett und mussten lachen.

»Ich würde gerne mit dir auf meinem Zimmer bleiben«, sagte Schröck. »Aber das käme jetzt nicht besonders gut an. Ich glaube, wir beide werden unten erwartet. Ich bin zwar hundemüde, aber vielleicht können wir später …«

Sarah lächelte und nickte.

# 31

Außer Sarah und Schröck war niemand im Speisesaal. Die Touristen waren längst schon wieder unterwegs, die Sonne schien über dem Salzkammergut, als wäre nichts passiert. Ganz allein saßen beide an einem der hinteren Tische beim Kaffee.

Schröck hatte endlich sein Frühstück bekommen, und Sarah schaute ihm zu, wie er mit Appetit sein Rührei verschlang.

»Ich brächte jetzt keinen Bissen hinunter«, sagte sie bewundernd.

Während Schröck noch aß, telefonierte sie mit Al-Madani, um ihm mitzuteilen, dass sie nicht zur Arbeit kommen würde. Ihr Chef wusste bereits über die Vorfälle Bescheid. Er bedankte sich überschwänglich dafür, dass sie alles in seinem Sinne und wie vereinbart erledigt habe. Sie solle sich ruhig so viel Zeit nehmen, wie sie bräuchte. Überdies würde er sich für ihre Dienste und vor allem für ihr loyales Verhalten später erkenntlich zeigen.

Sarah lachte, als sie Schröck berichtete, was ihr Chef gesagt hatte, und meinte, sie würde an diesem Abend darauf bestehen, die Rechnung zu bezahlen. Dann machte sie ein verlegenes Gesicht. »Aber ich weiß ja gar nicht, ob du überhaupt mit mir essen gehen willst oder schon etwas anderes vorhast.«

»Ich würde sehr gern mit dir den Abend verbringen«, sagte Schröck lächelnd. »Schließlich haben wir etwas zu feiern.«

Sie wollten gerade aufbrechen, als ein uniformierter Beamter den Raum betrat.

»Entschuldigung«, sagte er fast schüchtern. »Meine Kollegen hätten ein paar Fragen an Sie – an Sie beide.«

Gemeinsam fuhren sie auf das Polizeirevier in Bad Ischl.

Schröck und Sarah wurden getrennt voneinander befragt. Bei Sarah ging es schnell. Sie war noch vor Mittag fertig und bat darum, Schröck zu sprechen. Schnell informierte sie ihn, dass sie ihn später wegen ihres Abendtermins anrufen würde. In der Zwischenzeit würde sie bei Joe im Krankenhaus vorbeischauen.

Schröcks Befragung glich eher einer Gruppenarbeit im Anfertigen eines Protokolls als einer polizeilichen Vernehmung und bedurfte großen Fingerspitzengefühls. Die Ministerien Deutschlands und Österreichs hatten vereinbart, den Einsatz des Bundesnachrichtendienstes auf österreichischem Gebiet nicht an die große Glocke zu hängen, sondern stattdessen die ausgezeichnete staatenübergreifende Zusammenarbeit zu erwähnen.

Und so wurde aus Schröck dem Bericht zufolge wieder ein Münchner Hauptkommissar, der während seines Urlaubs im schönen Salzkammergut zufällig Kenntnis von einem Mordkomplott von Einheimischen gegen einen deutschen Landsmann erhalten hatte. Die österreichischen Behörden hatten, nachdem sie von Schröck eingeweiht worden waren, die Ermittlungen aufgenommen, die Schuldigen gefasst und hinter Gitter gebracht.

Die Leiche von Zahler senior war noch nicht gefunden worden, obwohl Tauchmannschaften schon seit den frühen Morgenstunden den See nach ihr absuchten. Mit Rücksicht auf die zahlreichen Badegäste wurde die Information, dass vermutlich irgendwo eine Leiche herumschwamm, zurückgehalten.

Lois Gruber war noch in der Nacht vom Krankenhaus Bad Ischl nach Linz gebracht worden. Er hatte vom Zusammenstoß mit Schröck nur eine leichte Platzwunde und eine Gehirnerschütterung davongetragen, die im Gefängniskrankenhaus weiterversorgt werden würden.

Der Name Joe Zahler tauchte in den Polizeiprotokollen nicht auf. Schröck hatte die Beamten darum gebeten. Die Anzeige seiner Schusswunde, die das Krankenhaus laut seiner Verpflichtung gemacht hatte, wurde zu den Akten gelegt.

Um Punkt sechzehn Uhr saß Schröck mit dem Kollegen von der österreichischen Polizei, der extra aus Linz angereist war, in einem schattigen Gastgarten am See. Ihm stehe noch ein arbeitsreicher Abend bevor, meinte dieser. In Wien erwarte man heute noch den fertigen Bericht.

»Ich hasse es, Berichte zu schreiben«, sagte Schröck.

Beide lachten, dann unterhielten sie sich bis zum Aufbruch des Linzer Beamten über die zunehmende Bürokratie und die fehlenden Ressourcen in der Polizeiarbeit in beiden Ländern.

Wie versprochen meldete sich Sarah noch am Nachmittag bei Schröck und war um halb acht wieder in Hallstatt. Sie trafen sich vor der Treppe zum Welterbemuseum und hatten bei ihrem Zusammentreffen gleich wieder das Bedürfnis, sich um den Hals zu fallen. Doch Sarah war in Hallstatt keine Unbekannte, sie mussten mit ihren Zuneigungsbekundungen in der Öffentlichkeit vorsichtig sein. Dass sie in Al-Madanis Auftrag dessen Geschäftsfreunde, zu denen Beobachter auch Schröck zählen könnten, regelmäßig durch den Ort führte und sie abends zum Essen begleitete, war hingegen nichts Außergewöhnliches. Und nachdem man im Ort natürlich mittlerweile Bescheid darüber wusste, dass Schröck in Sachen Bechstein ermittelte und auch Sarah eine gewisse Rolle dabei gespielt hatte, würde sich niemand darüber wundern, wenn die beiden zusammen ein Restaurant besuchten.

Beim Essen ertappte sich Schröck dabei, dass er von seiner Tochter, ihrem Mann und den Zwillingen erzählte. Sogar über seine gescheiterte Ehe redete er mit Sarah. Etwas, das er noch nie mit einer Frau getan hatte. Sarah sagte, dass sie es bedauerte, jemals geheiratet zu haben, die meiste Zeit über sei sie ohnehin alleine. Auch sei es niemals echte Liebe gewesen.

Ihr Mann und sie seien schon seit der Schulzeit in derselben Clique gewesen, und da habe es sich halt so ergeben. Irgendwann hätten sie eben geheiratet.

Spätabends verließen sie das Lokal und gingen, ohne ein weiteres Wort zu wechseln, in Schröcks Hotel. Durch den Nachteingang gelangten sie auf sein Zimmer.

Schröck wurde langsam wach. Die Erinnerung an die vergangene Nacht zauberte ein Lächeln auf sein Gesicht. Er schob die Decke weg und rollte sich aus dem Bett. Aus dem Badezimmer kamen Geräusche, Sarah war zum Glück noch da. Vorsichtig öffnete er die Tür und sah, wie sie nur im Slip vor dem Spiegel stand.

»Ich habe mir deine Bürste geliehen. Ich hoffe, es stört dich nicht«, sagte sie zu seinem Spiegelbild.

Schröck schüttelte den Kopf und schlang seine Arme von hinten um sie.

Sie drehte sich in seiner Umarmung um und küsste ihn. »Guten Morgen. Hast du gut geschlafen?«

»Kurz, aber tief.« Schröck lächelte.

»Ich brauche noch ein paar Minuten.« Sie gab ihm einen weiteren Kuss. »Dann nehme ich den Notausgang und komme durch den Haupteingang wieder ins Hotel zurück. Das heißt, wenn du willst, dass wir zusammen frühstücken.«

»Ich freue mich schon darauf«, sagte Schröck und wollte das Badezimmer verlassen, als Sarah ihn am Arm festhielt.

»Wie soll das mit uns weitergehen?«, fragte sie und schaute ihn dabei glücklich und ängstlich zugleich an.

»Na, wie schon?«, sagte Schröck und nahm sie wieder in den Arm. »Ich bleibe erst einmal eine weitere Woche hier und hoffe, sie mit dir verbringen zu können.«

Sarah nickte und lachte erleichtert.

»Und dann werde ich zum Pendler, wenn du das willst. Das Salzkammergut, Bad Ischl und Hallstatt sind von München gesehen ja nicht aus der Welt, in zweieinhalb Stunden bin ich hier. Und vielleicht schickt dich Al-Madani ja auch einmal in dringenden geschäftlichen Angelegenheiten zu mir nach Schönbergmoos, dann kann ich dir zeigen, wie und wo ich wohne. Was hältst du davon?«

Statt ihm eine Antwort zu geben, schlang sie ihre Hände um seinen Nacken und küsste ihn.